POÉSIES

PAR

JEAN REBOUL,

DE NÎMES.

IMPRIMERIE DE H. FOURNIER,
Rue de Seine, N° 14

POÉSIES

PAR

JEAN REBOUL,

DE NÎMES.

PRÉCÉDÉES D'UNE PRÉFACE
PAR M. ALEXANDRE DUMAS.

ET D'UNE LETTRE A L'ÉDITEUR,
PAR M. ALPHONSE DE LAMARTINE.

PARIS,
LIBRAIRIE DE CHARLES GOSSELIN ET Cie,
RUE SAINT GERMAIN-DES-PRÉS, N. 9.
MDCCCXXXVI.

Lettre à l'Éditeur.

—

MON CHER GOSSELIN,

Je suis chargé par un ami poétique de vous adresser et de recommander à vos soins ce recueil de poésies dont quelques pages détachées et recueillies avec empressement par les amateurs de beaux vers ont si vivement ému la curiosité du public. C'est à cette première impression que j'éprouvai moi-même à la lecture de *l'Ange et l'Enfant* que j'ai dû les rapports bienveillans qui s'établirent

a

entre l'auteur et moi. Frappé de l'élévation du sentiment, de la pureté transparente et de l'exquise
harmonie du style, je ne doutai pas au premier
moment que le poète ne fût un homme élevé dans
les habitudes les plus littéraires, et mûrissant ses
vers dans les doux et libres loisirs que donnent la
fortune et une position sociale, *l'aurea mediocritas*,
la condition d'Horace pour les poètes et les écri-
vains. J'allai au fond, je trouvai un jeune homme,
né de lui-même, élevé dans l'atelier d'une humble
famille dont tous les titres étaient des vertus, dont
toute la richesse était un des métiers les plus vul-
gaires de la vie, et qui fatiguait ses propres bras à
gagner le pain de sa femme et de ses enfans avant de
se retirer le soir dans un coin de son laboratoire et
de rêver, à la lueur de sa lampe, ces poésies qui s'en
échappaient sur leurs propres ailes pour aller ap-
peler l'attention et l'admiration sur le nom de leur
auteur.

Comme le public et avant le public, je fus frappé
de cette disparité entre l'homme et l'art, entre la

position sociale et le noble exercice des plus hautes facultés de l'intelligence. J'en estimai l'homme davantage; j'en aimai davantage la poésie. J'y entrevis de plus un des premiers symptômes de ce beau phénomène social que la politique et les mœurs commencent à opérer dans le monde; l'exercice de la pensée et de l'ame s'associant par une instruction universelle à l'exercice des plus humbles métiers. L'égalité des intelligences lorsque la nature et Dieu les ont faites égales, se manifestant dans les lettres. Les nobles études appelant tous à tout, élevant le niveau commun, confondant les classes, faisant vivre du même pain intellectuel tous ceux qui vivent du même pain du jour, et réalisant dans le domaine de la pensée cette république des intelligences où les droits ne sont que des dons de Dieu, où les fonctions ne sont que des services, où la Dictature n'est que du Génie; et je me réjouis.

Nous voyons dans l'antiquité, des hommes ayant exercé des métiers manuels, tenir ensuite la lyre, honorer Athènes et Rome, et conquérir l'immortalité à leur nom. Mais ces hommes avaient été élevés par une aristocratie qui les possédait et qui se faisait une vanité de leur gloire; ils étaient la propriété de leur maître. Il était réservé à nos temps modernes, à une civilisation fille du christianisme et qui développe de siècle en siècle davantage en elle son principe d'égalité et de charité, de nous montrer des hommes qui, comme l'illustre boulanger de Nîmes, s'élèvent par leur propre force sans autre secours que celui de l'impulsion sociale de leur époque, et entrent dans la gloire sans autre patronage que leur siècle et que leur génie.

Le public, je n'en doute pas, mon cher Gosselin, accueillera dans cette pensée le phénomène social et littéraire que vous allez lui offrir dans ce volume. Il s'étonnera de l'homme, il admirera le poète, je l'espère avec autant de conviction que je le désire : ce sont les vœux du poète, ce sont les espérances de l'amitié.

LAMARTINE.

UNE VISITE A NIMES.

PAR

M. ALEXANDRE DUMAS.

Parmi les choses que je venais visiter à Nîmes, une des plus curieuses pour moi était sans contredit son poète. J'avais une lettre de Taylor, et elle portait cette singulière suscription : « A M. Reboul, poète et boulanger. » J'avais lu quelques vers de lui qui m'avaient paru fort beaux, mais il n'en était pas moins demeuré dans mon esprit prévenu quelque chose de pareil à maître Adam ou à Lantara.

Ma première visite, en arrivant à Nîmes, fut donc

à Reboul. Un jeune homme que je rencontrai en sortant de l'hôtel, et à qui je demandai son adresse, non seulement me l'indiqua, mais, charmé sans doute de cette curiosité d'un étranger, s'offrit de me conduire : j'acceptai.

Avant d'arriver, nous passâmes sur la place des Arènes. Je tournai la tête d'un autre côté, afin que le géant romain qui devait avoir son tour ne vînt point distraire en ce moment ni mes yeux ni mes pensées.

« Nous passons devant les Arènes, me dit mon conducteur. — Merci, je ne les vois pas, répondis-je. »

Cinquante pas plus loin, il s'arrêta à l'angle d'une petite rue. « Voici la maison où demeure Reboul. — Mille remercîmens. Savez-vous si je le trouverai chez lui à cette heure ? » Mon conducteur alongea la tête, afin que son regard pût plonger de biais par la porte entr'ouverte. « Il est dans sa boutique, » me répondit-il, et il s'éloigna.

Je restai un moment pensif et ma lettre à la main. — Qui allait l'emporter dans la réception qu'allait me faire cet homme, ou de sa nature ou de son état ? Me parlerait-il poésie ou farine, académie ou

agriculture, publication ou récolte? Je savais déjà
que je le trouverais grand, mais j'ignorais encore
si je le trouverais simple. J'entrai.

« C'est à M. Reboul que j'ai l'honneur de parler?

— A lui-même.

— Une lettre de Taylor.

— Oh! comment se porte-t-il?

— Parfaitement. »

Il commença à lire.

Je l'examinai pendant ce temps. C'était un homme
de trente-cinq à trente-sept ans, d'une taille au-
dessus de la moyenne, avec un teint d'un brun
presque arabe, des cheveux noirs et luisans, des
dents d'émail; arrivé à mon nom, il reporta son
regard de la lettre à moi, et me salua une seconde
fois. Ce regard fut rapide et profond, et je m'aper-
çus seulement alors qu'il avait des yeux magnifi-
ques, de ces yeux indiens puissans et veloutés, faits
pour exprimer l'amour et la colère.

« Monsieur, me dit-il, je n'ai vraiment que des
obligations au baron Taylor, et je ne sais comment
je m'acquitterai jamais envers lui. » Ce fut moi qui
m'inclinai à mon tour. » Mais voulez-vous me per-

mettre d'en agir franchement et librement avec vous?

— Je vous en supplie.

-— Vous venez voir le poète et non le boulanger, n'est-ce pas? Or, je suis boulanger depuis cinq heures du matin jusqu'à quatre heures du soir. De quatre heures du soir à minuit, je suis poète. Voulez-vous des petits pains? restez; voulez-vous des vers? revenez à cinq heures. »

— Je reviendrai à cinq heures.

En ce moment deux ou trois pratiques entrèrent. « Vous voyez, me dit-il, nous n'aurions pas un instant, » et il les servit. La porte du fournil s'ouvrit, et un garçon parut.

« Le four est chauffé, maître.

— Envoyez quelqu'un à la boutique, j'enfournerai moi-même. » Une femme vint prendre sa place au comptoir. « A cinq heures, me dit-il. — Oh certes! » Et il rentra pour cuire son pain.

Je sortis singulièrement préoccupé de ce mélange de simplicité et de poésie : tout cela était-il de la manière ou de la nature? Cet homme jouait-il une comédie ou suivait-il naïvement le double mécanisme de son organisation? C'était ce que la suite devait m'apprendre.

Je marchai au hasard pendant les trois heures qui devaient séparer cette première entrevue de la seconde ; je ne sais trop ce que je vis ; j'étais plongé dans les abstractions sociales. Ce peuple, dont tout est sorti depuis cinquante ans, après avoir donné à la France des soldats, des tribuns et des maréchaux, allait donc aussi lui fournir des poètes ! le regard de Dieu avait pénétré enfin au plus profond de notre France, le peuple avait son Lamartine !

Je revins à l'heure dite. Reboul m'attendait à une petite porte d'allée. Sa boutique, toujours ouverte, était confiée à d'autres soins pour les simples détails de la vente. Il fit quelques pas au-devant de moi. Il avait changé de costume; celui qu'il portait était très simple, mais très propre, et tenait un milieu sévère entre le peuple et la bourgeoisie.

Nous montâmes un petit escalier tournant; nous nous trouvâmes au milieu d'un grenier sur le plancher duquel était amoncelé, en tas séparés, du froment de qualités différentes. Nous nous enga-geâmes dans une de ces petites vallées que ces montagnes nourricières formaient entre elles, et au bout de dix pas, nous nous trouvâmes à la porte d'une chambre. Nous entrâmes.

« Nous voilà, me dit Reboul en fermant la porte derrière lui, séparés du monde matériel. A nous maintenant le monde des illusions. Ceci est le sanctuaire. La prière, l'inspiration et la poésie ont seules le droit d'y entrer. C'est dans cette chambre bien simple, vous le voyez, que j'ai passé les plus douces heures de ma vie, celles du travail ou de la rêverie. »

En effet, cette chambre était d'une simplicité presque monastique : des rideaux blancs au lit et à la croisée, quelques chaises de paille, un bureau de noyer, un crucifix d'ivoire, formaient tout l'ameublement. Quant à la bibliothèque, elle se composait de deux volumes : la *Bible* et Corneille.

« Je commence, lui dis-je, à comprendre votre double vie, qui jusqu'à présent me paraissait inconciliable.

— Rien n'est plus simple cependant, et l'une sert l'autre. Quand les bras travaillent, la tête se repose, et quand les bras se reposent, la tête travaille.

— Mais?..... Pardon de mes questions.

— Faites.

— Étiez-vous d'une famille élevée?

— Je suis fils d'ouvrier.

— Vous avez reçu quelque éducation au moins?

— Aucune.

— Qui vous a fait poète?

— Le malheur. »

Je regardai autour de moi; tout semblait si calme, si doux, si heureux dans cette petite chambre, que le mot *malheur* prononcé ne paraissait pas devoir y trouver d'échos.

« Vous cherchez une explication à ce que je viens de vous dire, n'est-ce pas?

— Et je ne la trouve point, je l'avoue.

— N'êtes-vous jamais passé sur une tombe sans vous en douter?

— Si fait, car j'y voyais l'herbe plus verte et les fleurs plus fraîches.

— Eh bien! c'est cela, nous sommes sur une tombe. »

Une larme vint au bord de ses yeux. Je lui tendis la main. « Vous comprenez, n'est-ce pas? conti-

nua-t-il, ce que c'est qu'une grande douleur que
l'on cherche vainement à épancher. Ceux qui m'a-
vaient entouré jusqu'alors étaient des hommes de
ma classe, aux ames bonnes, mais communes. Au
lieu de me dire : Pleurez et nous pleurerons avec
vous, ils tentèrent de me consoler ; mes larmes,
qui ne demandaient qu'à se répandre, refluèrent
vers mon cœur et l'inondèrent. Je cherchai la solitude, et, à défaut d'ames qui pussent me comprendre, je me plaignis à Dieu ; ces plaintes soli-
taires et religieuses prirent un caractère poétique et
élevé que je n'avais jamais remarqué dans mes paroles ; mes pensées se formulèrent dans un idiome
presque inconnu à moi-même, et comme elles tendaient au ciel, à défaut de sympathies sur la terre,
le Seigneur leur donna des ailes, et elles montèrent
vers lui.

— Oui, c'est cela, lui dis-je, comme s'il m'eût
expliqué la chose du monde la plus simple, et je
comprends maintenant, ce sont les vrais poètes qui
le deviennent ainsi ; combien d'hommes de talent à
qui il ne manque qu'un grand malheur pour devenir hommes de génie ! Vous m'avez dit d'un seul

mot le secret de votre vie, et je la connais maintenant comme vous-même.

— Puis, ajoutez aux douleurs privées les douleurs publiques; songez au poète qui voit tomber
autour de lui, comme les feuilles au mois d'automne, toutes les croyances religieuses, toutes les
convictions politiques, et qui reste comme un arbre dépouillé à attendre un printemps qui ne re-
viendra peut-être plus. Vous n'êtes pas royaliste,
je le sais, mais vous êtes religieux. Figurez-vous
donc ce que c'est que de voir les images saintes aux-
quelles, enfant, votre mère vous a conduit pour
faire votre prière, abattues, foulées aux pieds des
chevaux, traînées dans la boue! Figurez-vous ce
que c'est que de voir de pareilles choses à Nîmes,
dans cette vieille ville de discordes civiles, où presque tous les souvenirs sont des haines, où le sang
coule si vite et si long-temps!... Oh! si je n'avais pas
eu la poésie pour me plaindre et la religion pour
me consoler, que serais-je devenu, ô mon Dieu!

— Nous avons tous vu de pareilles choses.
Croyez-moi, c'est ce qui fait qu'à cette heure chaque poète sera au besoin homme social. Le domaine

de la poésie s'est agrandi du champ de la politique : les révolutions l'ont labouré avec l'épée, nos pères l'ont engraissé avec leur sang. Semons-y la parole, et les croyances y repousseront.

— Vous avez un royaume tout entier, vous, le théâtre; moi, je n'ai qu'un jardin. N'importe, j'y cultiverai des fleurs, et j'en ferai des couronnes que je vous jetterai....

—Vous ne m'avez pas donné rendez-vous pour me faire des complimens, mais pour me lire vos vers.

— Le désirez-vous sincèrement, ou n'est-ce qu'une affaire de curiosité ou de politesse?

— Je croyais que nous nous connaissions assez pour nous épargner l'un à l'autre de pareilles questions.

— C'est juste, je suis tout à vous; quand je vous ennuierai, vous m'arrêterez et tout sera dit.

Il commença. Dès les premiers vers, je remarquai dans sa voix cette intonation qui appartient essentiellement à l'école moderne, cette manière de dire qui m'avait si souvent frappé chez de Vigny, chez Lamartine et chez Hugo, et cependant Reboul ne connaissait à cette époque aucun de ces hommes ; cela me prouvait ce dont depuis long-temps je me doutais, c'est qu'il y a dans les vers modernes une mélodie qui n'appartient pas aux vers de l'ancienne école. Pendant qu'il parlait, j'examinais cet homme, sa physionomie avait pris un caractère nouveau, celui de la foi ; une grande conviction intérieure se manifestait au dehors au fur et à mesure qu'il lisait, et selon ce qu'il lisait.

Nous passâmes ainsi quatre heures, lui me versant de la poésie à flots, et moi disant toujours : Encore. Je ne lui fis pas grâce d'un tiroir de son bureau ; tout en sortit, manuscrits, cahiers, feuilles volantes. Enfin je lui indiquai du doigt un dernier brouillon. « Quant à celui-ci, me dit-il, vous le lirez vous-même plus tard ; demain. — Pourquoi ? — Parce que ce sont des vers qui vous sont adressés ; je les ai griffonnés en vous attendant ; mais à cette heure, allons voir les Arènes ; et soyez tranquille, nous n'aurons fait que changer de poésie. Seulement, je vous ai réservé la meilleure pour la dernière. »

Maintenant, vous connaissez l'homme aussi bien

que moi ; lisez le brouillon qu'il m'avait remis, et vous connaîtrez le poète.

ALEXANDRE DUMAS.

A M. Alexandre Dumas.

LES ARÈNES DE NIMES.

I.

Reste d'un vieux géant, débris dont la stature
Du Nîmes d'autrefois peut offrir la mesure,
L'étranger est plongé dans un profond émoi
Quand tes vastes contours s'offrent à ses paupières ;
Mais tant de fois enfant j'ai dormi sur tes pierres,
Qu'elles sont sans rêves pour moi.

HOMMAGE A M. A. DUMAS.

J'ai tant de fois ouï, l'hiver, dans la nuit sombre,
Les mille voix du vent, sous tes voûtes sans nombre,
Que je n'y sais plus voir, transfuges du trépas,
De leur dernier soupir non encor satisfaites,
Les ombres de tous ceux qui sont morts dans tes fêtes
    Recommençant leurs vieux combats.

Et tant de fois le soir, de nos fêtes publiques,
La résine à mes yeux éclaira tes portiques,
Que les rouges reflets jetés sur tes arceaux
Ne me rappellent plus cette nocturne orgie
Où Rome, courtisane à la sombre énergie,
    Brûlait des chrétiens pour flambeaux.

Aussi, quand je t'amène une amitié choisie,
Pélerine de l'art et de la poésie,
Je lui laisse chercher la place de César,
Celle des proconsuls et des nobles familles,
Et celle que Vesta réservait à ses filles
    Dont l'index était un poignard (1).

Rêvant à d'autres jours, mon esprit sympathique
Refait du souvenir son enceinte gothique,
Catholique berceau de notre saint Castor;
De tes vieilles maisons la multitude obscure (2),

1. Le dernier coup était porté au gladiateur vaincu, à un signal de la vestale qui
occupait une place d'honneur aux amphithéâtres.
2. Ces maisons, qui renfermaient près de 2,000 habitans, ont existé jusqu'à la fin
de l'empire.

HOMMAGE A M. A. DUMAS.

Rampant sur tes gradins comme une moisissure
    Sur l'écorce d'un chêne mort.

Et je crois encor voir l'essaim de jeunes filles
Qui chantaient en filant le lin de leurs familles
Sur un sol où le meurtre eut une ample moisson :
Comme on voit quelquefois la colombe timide
Faire son nid aux lieux où le vautour avide
    A cent fois rougi le gazon.

Le figuier, dérobant sous ses feuilles sauvages
Le cintre d'un portail, corrodé par les âges,
Comme un sombre sourcil sur un œil africain ;
Et les débris pendans des tourelles mauresques
Où tes preux, prononçant leurs vœux chevaleresques,
    Prenaient à témoin saint Martin (1).

Soldats bardés de fer dont la dague et la lance
Faisaient avec ta pierre éternelle alliance,
Et qui, pour elle, ayant essuyé mille assauts,
Naïfs profanateurs des romaines merveilles,
Firent tout bonnement, belliqueuses abeilles,
    Leurs cellules de tes arceaux.

Car il fut une époque où Rome délaissée
Dans tous les souvenirs se voyait abaissée,
Où les grands monumens qui faisaient son orgueil

1. Gens d'armes commis à la garde de l'amphithéâtre, transformé en château-fort pendant les guerres des Sarrasins, et qu'on nommait *chevaliers des Arènes.*

Furent humiliés jusqu'à l'état d'usine ,
Où le Goth, sans respect pour sa cendre divine ,
   Fit une auge de son cercueil.

II.

Puis, je laisse égarer mes yeux parmi la foule
De tous ces noms inscrits sur le gradin qui croule,
Noms obscurs qui, des temps prévoyant le reflux ;
Etreignent ce qui meurt pour vivre un jour de plus.
Tant, tout ce qui se sent et peut se reconnaître
Redoute de tomber du vieil arbre de l'être,
Et voyant qu'à nos vœux la mort dit toujours non,
On cherche à s'y soustraire en lui jetant un nom.
Et ce n'est pas ici la gloire ou la puissance,
Les favoris du glaive ou de l'intelligence;
D'ouvriers voyageurs on y lit l'humble nom,
Avec les attributs de leur profession.
Leur couteau de la pointe a creusé chaque lettre
Dont la forme vous dit l'âge qui les vit naître.
Dans un cœur entouré par un fer à cheval
C'est : *Dauphiné l'amour, compagnon maréchal;*
Et puis sous une croix à l'indécise empreinte :
Jean Baucicault suivant Loys en Terre-Sainte :
Puis des milliers de noms effacés, confondus ,
Comme ces feux du ciel dans le lointain perdus
Qui fatiguent l'esprit et l'œil de la science
Par leur infinité comme par leur distance.
Ainsi l'esprit petit comme l'esprit géant
S'efforcent d'échapper au gouffre du néant,

Et cela, toutefois, console le poète
Qui, souvent affligé d'une honte secrète,
S'était cru, se sondant et se trouvant si vain,
Quelque vase fêlé de l'atelier divin,
Un avorton formé d'orgueil et de misères,
Dont l'esprit n'avait rien de l'esprit de ses pères,
Et dont l'ardente soif de l'immortalité
N'était qu'une fatale et triste infirmité.
Mais si tout craint de choir dans cet abîme sombre,
Où tout se précipite et tout se change en ombre,
Le poète, ici bas, est un homme plus fort,
Plus puissamment armé pour combattre la mort,
Un des aînés choisis d'une race divine
Qui se souvient le mieux de sa noble origine,
Et qui dit d'une voix plus tonnante au trépas :
« Je suis né pour la vie et n'obéirai pas :
« Dans le fond du sépulcre où tu me fais descendre
« Mes hymnes donneront la parole à ma cendre ;
« Je laisse en m'en allant de quoi t'anéantir,
« Je t'ai tuée, ô mort ! avant que de mourir ;
« Et j'ai fait avancer pour moi le jour suprême
« Où tu ne pourras plus dévorer que toi-même,
« Où tout viendra te dire avec dérision :
« Qu'as-tu fait de ta faux et de ton aiguillon ? »
Et, radieux d'avoir reconquis son estime,
Il rend grace au Très-Haut de cet instinct sublime
Qui, sur ces grands débris où triomphe le sort,
A trouvé des pensers qui terrassent la mort.

J. REBOUL.

Poésies de J. Reboul.

LIVRE I.

DÉDICACE.

A

M. A. de Lamartine.

Il y avait autrefois à la porte des églises une
table en pierre sur laquelle on exposait les
enfans abandonnés, afin qu'ils trouvassent
dans la charité des fidèles une paternité que

leur refusait la nature. Les premiers jours de mon existence littéraire furent semblables à ceux de ces infortunés. Je vis long-temps passer l'indifférence devant moi, mais enfin vous parûtes, et la pauvre muse délaissée, réchauffée aux rayons de votre gloire, revint à la vie et à l'espérance, et multiplia ses chants jusques à former ce volume, qui, sans vous encore, n'aurait peut-être pas vu le jour. A qui pourrai-je en offrir la dédicace si non à vous, ô mon illustre protecteur.

J. REBOUL.

Nîmes. Avril 1836.

M. DE LAMARTINE

à J. Reboul.

LE GÉNIE DANS L'OBSCURITÉ.

I

LE GÉNIE DANS L'OBSCURITÉ.

Le souffle inspirateur qui fait de l'ame humaine
    Un instrument mélodieux,
Dédaigne des palais la pompe souveraine :
Que sont la pourpre et l'or à qui descend à peine
    Des palais rayonnans des cieux ?

Il s'abat au hasard sur l'arbre solitaire,

    Sur la cabane des pasteurs,

Sous le chaume indigent des pauvres de la terre,

Et couvre en souriant un glorieux mystère

    Dans un berceau mouillé de pleurs !

C est Homère endormi, qu'une esclave sans maître

    Réchauffe de son seul amour ;

C'est un enfant chassé de l'ombre de son hêtre,

Qui pleure les chevreaux que ses pas menaient paître,

    Et qui sera Virgile un jour !

C'est Moïse flottant dans un berceau fragile,

    Sur l'onde, au hasard des courans,

DANS L'OBSCURITÉ.

Que l'éclair du Sina visite entre cent mille,
Pendant qu'il fend le marbre ou qu'il pétrit l'argile
    Pour la tombe de ses tyrans.

Ainsi l'instinct caché dans la nature entière,
    Mûrit pour l'immortalité
La perle au fond des mers, l'or au sein de la pierre,
Le diamant dans l'ombre où languit sa lumière,
    La gloire dans l'obscurité !

La gloire, oiseau divin, phénix né de lui-même,
    Qui vient tous les cent ans, nouveau,
Se poser sur la terre et sur un nom qu'il aime,
Et qu'on y voit mourir ainsi que son emblème,

Mais dont nul ne sait le berceau !

Ne t'étonne donc pas qu'un ange d'harmonie
　　　Vienne d'en haut te réveiller :
Souviens-toi de Jacob ! Les songes du génie
Descendent sur des fronts qui n'ont dans l'insomnie
　　　Qu'une pierre pour oreiller !

Moi-même, plein des biens dont l'opulence abonde,
　　　Que j'échangerais volontiers
Cet or dont la fortune avec dédain m'inonde
Pour une heure du temps où je n'avais au monde
　　　Que ma vigne et que mes figuiers ;

Pour ces songes divins qui chántaient dans mon ame,
    Et que nul or ne peut payer,
Pendant que le soleil baissait, et que la flamme
Que ma mère allumait ainsi qu'une humble femme
    Éclairait son étroit foyer,

Et qu'assis autour d'elle à la table de hêtre,
    Que nous préparait son amour,
Nous rendions grâce à Dieu de ce repas champêtre,
Riche des simples fruits que le champ faisait naître,
    Et d'un pain qui suffit au jour !

RÉPONSE

A M. DE LAMARTINE.

RÉPONSE A M. DE LAMARTINE.

Mon nom, qu'a prononcé ton généreux délire,

Dans la tombe avec moi ne peut être emporté,

Car toute chose obscure, en passant par ta lyre,

   Se revêt d'immortalité.

S'il est-vrai que ma muse en plus d'une mémoire
A laissé des accords et des pensers touchans,
Chantre ami, qu'à toi seul en retourne la gloire!
Mes chants naquirent de tes chants.

C'est toi qui, faisant naître en mon ame ravie
Cet espoir de laisser un noble souvenir,
Me fais sacrifier, chaque jour de ma vie,
Sur les autels de l'avenir.

C'est toi qui fus pour moi cet ange de lumière,
Qui se laisse tomber du haut du firmament,
Et qui, sur le palais, comme sur la chaumière,
Se repose indifféremment.

Tu t'abattis vers moi : des sphères immortelles

Tu me vantas l'éclat, les chœurs mystérieux,

Et soudain, comme toi, je secouai mes ailes,

Et nous partîmes pour les cieux !

Quelle extase inconnue a subjugué mon être !

Quel jour éblouissant mes yeux ont vu paraître !

Et quel concert ai-je entendu !

Dans ces ravissemens mon ame s'évapore :

Et je voulais franchir quelques mondes encore.....

Sans toi, je m'y serais perdu !

Mais tu m'as dit : « Voilà l'inflexible barrière.

» « Tu vas voir s'éclipser nos songes de lumière,

« Descendons : les ordres divins

« Veulent que ce bonheur, ces clartés sans mélange,

« Passent rapidement, pour que l'homme, de l'ange,

« N'envahisse pas les destins.

« Attendons que le temps ait achevé sa course ;

« Que la mort à l'esprit abandonne la source

« De cette pure volupté ;

« Que des jours éternels l'astre éternel se lève ;

« Alors, la terre alors ne sera que le rêve,

« Et le ciel la réalité. »

Et quand tu me rendis aux terrestres domaines,

Je sentis s'allumer une fièvre en mes veines,

Dont rien n'a pu calmer l'ardeur ;

Si ce n'est une lyre entre mes mains vibrante,

Et faisant apparaître une image enivrante

De tout ce qu'éprouva mon cœur.

Rayons dont s'inonda mon avide paupière,

Et comment, replongé dans cette ombre grossière,

Comment ne pas vous exalter ?

Ineffables accords des célestes génies,

Comment, en retrouvant d'humaines harmonies,

Comment ne pas vous répéter ?

L'ANGE ET L'ENFANT.

ÉLÉGIE A UNE MÈRE.

— 1828. —

L'ANGE ET L'ENFANT.

———

Un ange au radieux visage,

Penché sur le bord d'un berceau,

Semblait contempler son image,

Comme dans l'onde d'un ruisseau.

« Charmant enfant qui me ressemble,

« Disait-il, oh ! viens avec moi !

« Viens, nous serons heureux ensemble,

« La terre est indigne de toi.

« Là, jamais entière allégresse ;

« L'ame y souffre de ses plaisirs,

« Les cris de joie ont leur tristesse,

« Et les voluptés leurs soupirs.

« La crainte est de toutes les fêtes ;

« Jamais un jour calme et serein

« Du choc ténébreux des tempêtes

« N'a garanti le lendemain.

« Eh quoi! les chagrins, les alarmes,

« Viendraient troubler ce front si pur ?

« Et par l'amertume des larmes

« Se terniraient ces yeux d'azur ?

« Non, non, dans les champs de l'espace

« Avec moi tu vas t'envoler ;

« La Providence te fait grâce

« Des jours que tu devais couler.

« Que personne dans ta demeure

« N'obscurcisse ses vêtemens ;

« Qu'on accueille ta dernière heure

« Ainsi que tes premiers momens.

« Que les fronts y soient sans nuage,

« Que rien n'y révèle un tombeau ;

« Quand on est pur comme à ton âge,

« Le dernier jour est le plus beau. »

Et, secouant ses blanches ailes,

L'ange à ces mots a pris l'essor

Vers les demeures éternelles.....

Pauvre mère !... ton fils est mort !

SOUPIR.

SOUPIR.

Tout n'est qu'images fugitives ;
Coupe d'amertume ou de miel,
Chansons joyeuses ou plaintives,
Abusent des lèvres fictives :
Il n'est rien de vrai que le ciel.

SOUPIR.

Tout soleil naît, s'élève et tombe ;
Tout trône est artificiel ;
La plus haute gloire succombe ;
Tout s'épanouit pour la tombe,
Et rien n'est brillant que le ciel.

Navigateur d'un jour d'orage,
Jouet des vagues, le mortel,
Repoussé de chaque rivage,
Ne voit qu'écueil sur son passage,
Et rien n'est calme que le ciel.

CONSOLATION SUR L'OUBLI.

— Septembre 1833. —

CONSOLATION SUR L'OUBLI.

Goutte à goutte long-temps dans ma coupe modeste

J'ai recueilli des fleurs l'humidité céleste ;

Si la main de l'oubli me la renverse, alors

Que je l'aurai remplie à couler par les bords ,

Le ciel me donnera de contempler sans peine

Mes odorans travaux répandus sur l'arène ,

Et le jour accablant de chaleur et d'ennui,

Dévorant ces parfums enlevés à la nuit.

Avant que de ma vie apparaisse le terme,

Que je puisse épancher l'hymne que je renferme !

Inviter toute lèvre à goûter de ce miel

Qui donne sur la terre un avant-goût du ciel !

Et je mourrai content, et sûr de récompense,

Ainsi que ces bienfaits offerts à l'indigence,

D'où l'ombre se rapproche et le bruit se tient loin,

Et qui n'ont ici-bas que Dieu seul pour témoin.

Le rossignol caché sous la feuillée épaisse,

Avant de dérouler sa voix enchanteresse,

S'informe-t-il s'il est dans le lointain des champs

Quelque oreille attentive à recueillir ses chants ?

Non, il jette au désert, à la nuit, au silence,

Tout ce qu'il a reçu de suave cadence.

Si la nuit, le désert, le silence sont sourds,

Celui qui l'a créé, l'écoutera toujours.

Toute fleur ne naît pas, brillante sur nos rives,

Pour le sein des amours ou le front des convives,

Pour tomber sous les doigts d'un jeune Éliacin,

Et parer de festons les voûtes du lieu saint.

Ah ! loin d'en être ainsi, le sort du plus grand nombre

Est de naître, briller, et se flétrir dans l'ombre,

De laisser voltiger leur dépouille en commun,

D'abandonner au vent une hymne de parfum,

Sûre de s'exhaler vers la suprême essence

Que proclament les cieux et que la terre encense !

Combien de diamans, dans la terre enfouis,

Ne brilleront jamais aux regards éblouis !

Que de jeunes beautés, ravissantes colombes,

Sans passer par l'hymen descendront dans leurs tombes !

Que de germes éclos aux rayons du soleil,

A peine réveillés, rentrent dans le sommeil !

La mort, de tant de morts nullement assouvie,

Veille comme un dragon aux portes de la vie ;

La moitié des destins s'accomplit seulement,

Et tout n'est ici-bas qu'un grand avortement.

Oh ! qui justifiera cette injustice immense !...

Mais la terre n'a point toute notre existence.

Ne nous abattons point, si mon luth inspiré

Des hommes pour toujours doit rester ignoré ;

Si l'indignation en surprend ta pensée,

Oh ! ce sera, mon ame, une plainte insensée,

Un moment écoulé dans l'oubli du Seigneur,

Qui, comme un vent de mort, nous passe sur le cœur.

La lyre ne doit pas te rendre infortunée ;

Remercions le ciel de nous l'avoir donnée ;

Il est quelque plaisir qu'elle nous fait goûter,

Et tu l'épanouis en t'écoutant chanter !

Et mon front soucieux éclaircit ses nuages,

Comme au son de l'airain avortent les orages.

Les ombres de l'oubli préservent de l'orgueil,

Et la célébrité n'est qu'un plus grand écueil.

Un grand nom coûte cher dans les temps où nous sommes.

Il faut rompre avec Dieu pour captiver les hommes.

La gloire, trop souvent, apparaît sur un front,

Comme germe le doute au cœur qui se corrompt;

Comme l'on voit sortir des moissons plus fécondes

D'un terrain humecté par des vagues immondes.

Que d'esprits, transportés sur la cime du mont,

N'ont pas pu résister aux pompes du démon,

Et, pour s'approprier des royaumes célèbres,

Ont adoré les pieds de l'ange des ténèbres !

De mon astre soumis loin des destins pareils !

Hélas ! mes yeux ont vu tomber tant de soleils !

Si je venais jamais à franchir la limite,

Ramène-moi, mon Dieu, dans la borne prescrite;

Car l'esprit une fois échappé de ta main

Se fatigue à bondir et ne fait nul chemin.

3

LE

TROUBADOUR D'OCCITANIE.

— 1829. —

LE

TROUBADOUR D'OCCITANIE.

Toque de moire, aigrette blanche,
Ornaient son front toujours serein ;
OEil doux et vif, allure franche :
Il avait le cœur sur la main.

Désirs orgueilleux de sa vie

Ne troublent la félicité ;

Il voit le manoir sans envie,

Et la chaumière sans fierté.

Le nécroman et la sorcière

N'ont point de part à ses concerts :

Il est enfant de la lumière,

Et non de la nuit des enfers.

Sa lyre, où le zéphir caresse

Rubans aux brillantes couleurs,

Chante la rose, la jeunesse,

Tout ce qui fait battre les cœurs ;

Le premier baiser d'une amie,
Le premier souffle printanier,
Et le ciel bleu de sa patrie,
Et ses champs où croît le laurier.

Ou, vers la couche nuptiale,
Conduisant de jeunes amans,
Sa voix de la fleur virginale
Saluait les derniers momens.

Ou bien, partageant les délices
De quelque couple fortuné,
Elle appelait des sorts propices
Sur la tête du nouveau-né.

Mais quand des gloires solennelles

Sollicitaient un noble essor,

Son esprit dirigeait ses ailes

Vers un espace vierge encor.

Il disait l'héroïque Charles,

Avec les comtes toulousains,

Dans les champs de Nîmes et d'Arles,

Exterminant les Sarrazins.

Il disait la célèbre histoire

Des chevaliers morts triomphans,

Et les larmes de la Victoire

Qui redemandait ses enfans.

Et, des fastes de la vaillance,
Parfois ses accords complaisans
Descendaient jusqu'à la cadence
De la ronde des paysans.

Mais alors pour lui nul salaire :
Le noble enfant du gai savoir
Chantait gratis à la chaumière,
Quand on le payait au manoir.

Souvent même, ange secourable,
Au riche il donne sa leçon,
Et dans la main du misérable
Il met le prix d'une chanson.

Ainsi, l'honneur et l'harmonie,
La bienfaisance et les amours,
Du ménestrel d'Occitanie
Tissaient les adorables jours.

Et, quand le ciel coupait leur trame,
Pressant une croix sur son cœur,
Paisiblement il rendait l'ame,
Et s'endormait dans le Seigneur.

Serfs dont il charma les misères,
Bachelettes qu'il fit danser,
Preux dont il célébra les guerres,
Avaient des larmes à verser.

Et, sur le saule de sa tombe

Tous les soirs reposant leur vol ,

Venaient soupirer la colombe ,

Et se plaindre le rossignol.

L'HIRONDELLE DU TROUBADOUR.

— 1828. —

L'HIRONDELLE DU TROUBADOUR.

Zéphir, du souffle de son aile,

A triomphé de nos frimas ;

La terre de fleurs étincelle :

Tout revient, et mon hirondelle

    Ne revient pas.

Par ses compagnes plus constantes

J'entends saluer le matin,

J'ai vu leurs troupes tournoyantes

Effleurer les eaux transparentes

Du lac voisin.

Oiseau de longue connaissance,

Ah ! dis-moi, quand reviendras-tu

Me ranimer par ta présence ?

Je suis, hélas ! de ton absence

Tout abattu.

Tu sais combien ma joie éclate,

Quand tu reparais sous nos cieux ;

Quand l'anneau d'étoffe écarlate,

Qui ceint ta jambe délicate,

   Brille à mes yeux ;

Nul autre mortel, je t'assure,

Ne t'offrira meilleur destin ;

J'étais presque de ta nature,

Nous partageons même toiture

   Et même pain.

Quand la naïve damoiselle,

Du doigt indiquait notre tour,

Là-haut demeure, disait-elle,

Et chante avec son hirondelle

Le troubadour.

Pour te recevoir, ma fenêtre

Est toujours ouverte à demi;

Qui peut t'empêcher d'y paraître ?

Crains-tu de retrouver un maître

Dans ton ami?

Non, tu ne m'es pas infidèle :

Les serres d'un cruel vautour

T'auront d'une étreinte mortelle

Surprise, ô ma pauvre hirondelle!

A ton retour.

Ou volant à perdre courage,

Pour traverser d'immenses eaux,

Sur quelque perfide équipage

As-tu rencontré l'esclavage

    Pour le repos?

N'a-t-il pas craint pour son navire,

L'impitoyable ravisseur ?

Car j'ai toujours entendu dire,

Oiseau du ciel, que de te nuire

    Porte malheur.

Hélas ! dans la campagne immense,

La fleur va faire place au fruit,

De jour en jour l'été s'avance,

Et de te revoir l'espérance

S'évanouit.

Ma voix si joyeuse et si vive

N'aura plus que de tristes chants ;

Infidèle, morte, ou captive,

Ta perte la rendra plaintive

Pour bien long-temps.

MES PREMIERS VERS.

A LA VIERGE.

— 1821. —

MES PREMIERS VERS.

———

Toi, que célèbre aux cieux l'harmonie éternelle
Des archanges ravis, des séraphins ardens,
Vierge, accepteras-tu d'une lyre mortelle
    Les profanes accens ?

Oh ! toujours indulgente envers la créature,

Tu les accepteras, mais pourrais-je jamais

Exalter dignement, reine de la nature,

Tes immenses bienfaits !

L'univers languissait dans une nuit profonde :

La voix de l'Éternel promet un jour serein.

O céleste Orient, la lumière du monde

Sortira de ton sein.

Le fils de Jéhovah se revêt de poussière ;

De ton flanc virginal il veut naître mortel ;

C'est par toi que le ciel habitera la terre

Et la terre le ciel.

Quel désordre éclatant à mes yeux se présente !

Le maître, des captifs vient partager le sort ;

Une vierge est féconde, une mortelle enfante

     Le vainqueur de la mort.

Malheureux fils d'Adam, dépouille-toi du crime,

Ève victorieuse a soumis les enfers ;

Le vieux serpent vaincu se roule dans l'abîme,

     Et les cieux sont rouverts.

Mais, Vierge, tes douleurs ont surpassé ta gloire.

Quels sanglots t'a coûté le salut des humains !

Quel sang ont exigé pour prix de la victoire

     Les célestes desseins !

Exempte du péché, tu connus nos alarmes ;
Tu partageas nos maux, tu sais y compatir.
Quand on pleure avec toi, l'infortune a des charmes,
    La douleur son plaisir.

Est-il de lieu, de rang, où la foi ne t'implore ?
Tu recueilles ses vœux, ses larmes et ses cris,
Des mers de l'Occident à celles de l'Aurore,
    Et du chaume aux lambris.

A qui léguera-t-il ses sueurs et sa peine,
Le pauvre laboureur d'enfans déshérité ?
Sa compagne t'invoque, et retourne certaine
    De sa fécondité.

La France périssait ; mais son auguste maître
Te consacre en pleurant sa couronne de lis ;
Heureuse et triomphante , elle verra paraître
    Le plus grand des Louis.

Un jour, ô jour affreux ! criminelle, abusée ,
Elle abolit le trône et ses antiques lois ;
Mais captive bientôt, sur leur tombe brisée
    Elle pleure ses rois.

Ce cèdre dont les cieux avaient reçu le faîte,
Dont les rameaux joignaient l'un et l'autre horizon,
Déplorable jouet d'une longue tempête,
    N'a plus qu'un rejeton.

Veille, veille sur lui, secourable Marie !

Qu'à ta voix dépouillant sa menaçante horreur,

L'aube de l'avenir se montre à ma patrie

Pure comme ton cœur !

Que sur nous éteignant la foudre vengeresse,

L'ange de tes bontés, étoile du matin,

De ses ailes d'azur protége la jeunesse

Du royal orphelin !

LIVRE II.

A MA LYRE.

— 1828. —

A MA LYRE.

Aux jours de ténèbres profondes,

Tout chantre sublime est jeté

Comme un soleil parmi les mondes,

Pour leur prodiguer sa clarté :

Astre choisi, si je dois luire,

5

A MA LYRE.

Que mes rayons soient bienfaisans !
Souviens-toi du ciel, ô ma lyre,
Car c'est du ciel que tu descends.

Aujourd'hui quel besoin immense
Du souvenir de ton berceau !
La raison passe pour démence
Et la torche pour un flambeau ;
L'orgueil recommence à construire
Au pied refroidi des volcans ;
Souviens-toi du ciel, ô ma lyre,
Car c'est du ciel que tu descends !

Nos sages nous disent encore :

« Peuples, hâtez votre réveil !

« D'un plus beau jour chantez l'aurore ; »

Et c'est le coucher du soleil.

Le lendemain ne se peut lire

Sur des signes plus effrayans.

Souviens-toi du ciel, ô ma lyre,

Car c'est du ciel que tu descends.

Le pouvoir dans sa main débile

Sent expirer l'autorité ;

Son drapeau descend immobile

Le long de son mât attristé.

On appelle en vain le Zéphire

Autour de ses plis languissans.

Souviens-toi du ciel, ô ma lyre,

Car c'est du ciel que tu descends.

Déjà de nos derniers orages

A peine expirant dans les airs

S'élèvent les mêmes nuages

Sillonnés des mêmes éclairs.

Que des tonnerres qui vont bruire

Ne s'intimident pas nos chants :

Souviens-toi du ciel, ô ma lyre,

Car c'est du ciel que tu descends.

Et qu'importe que le vulgaire

Soit ou non pour ta déité ?

De sanctuaire en sanctuaire,

Il traîne sa servilité ;

L'idole qu'il voudrait proscrire

A cent fois reçu son encens ;

Souviens-toi du ciel, ô ma lyre,

Car c'est du ciel que tu descends.

Sous les faisceaux il rêve un maître,

Et sous un maître les faisceaux ;

Le Brutus d'hier est un traître,...

Qu'attendent des arcs triomphaux.

Contre ce coupable délire

Lance des accords véhémens.

Souviens-toi du ciel, ô ma lyre,

Car c'est du ciel que tu descends.

D'une faveur tumultueuse

Que d'autres soient fiers de jouir.

D'une palme ignominieuse

A MA LYRE.

Ma tête saura s'affranchir.

Que la vertu daigne sourire,

Voilà le prix où je prétends.

Souviens-toi du ciel, ô ma lyre,

Car c'est du ciel que tu descends.

Parcourons toute la carrière,

Quoiqu'elle soit dans le désert.

Préfère aux autels de Voltaire

Le grabat du pauvre Gilbert.

Que ma bouche, avant que j'expire,

Puisse avouer tous tes accens.

Souviens-toi du ciel, ô ma lyre,

Car c'est du ciel que tu descends.

AU CHRIST.

— Novembre 1830. —

AU CHRIST.

I.

O Christ! délivre-nous de l'intime blasphême,

Où notre ame s'abjure et s'oublie elle-même;

Où, tel qu'un vil brigand, notre esprit se tient coi

Dans les sombres détours des cavernes du moi;

Et guette, protégé par les ombres du doute,

Que la foi vienne seule à passer sur la route,

Pour s'élancer sur elle un poignard à la main,

Et l'étendre mourante au milieu du chemin !

Ce qui ne peut mourir travaille à sa ruine !

Et rejette vers toi son essence divine ;

Ainsi qu'un vil présent qui manque son effet,

Et qu'on fait renvoyer à celui qui l'a fait.

Que dis-je ? ce n'est plus sourdement que les hommes

Évoquent du néant les désastreux fantômes ;

Ces pensers ont quitté leur ténébreux séjour ;

Ils volent avec l'air, et bruissent au grand jour ;

Et tout ce qui se voit, s'entend et se respire

Semble pronostiquer la fin de ton empire,

Dévouer à l'oubli ton autel déserté,

Si tu pouvais finir, roi de l'éternité ;

Pour celui qui les fit, si le temps et l'espace

Pouvaient un jour manquer de durée et de place !

Et pourtant, je ne sais quelle stupide humeur

S'obstine à mesurer tes jours à ce qui meurt !

Comme au temps douloureux de ton ignominie,

Où tu te trouvas seul avec ton agonie,

Où du haut de la croix tes bras semblaient, ouverts,

Vouloir dans ton amour étreindre l'univers.

O Christ ! ta passion aujourd'hui recommence

Par un accablement plus profond, plus immense !

Plus d'un apôtre dort au moment de ton deuil ;

Et, pour trente deniers que lui solde l'orgueil,

Plus d'un Judas pactise avec qui te bafoue,

Et te livre à l'impie en te baisant la joue ;

Et, loin qu'un désespoir rompe son cœur d'airain,

Il se présente au peuple avec un front serein !

Le mensonge envers toi redouble de vertige,

Le sophiste au pilier du savoir te fustige ;

Et la dérision, riante, devant toi,

A plié les genoux et t'a salué roi !

S'effrayant de tes maux, la lâcheté royale,

Te voyant recouvert d'une pourpre fatale,

Le front environné des ronces du chemin,

Et portant comme un sceptre un roseau dans ta main,

Sous l'arche du prétoire elle te fait paraître,

Croyant que la pitié te sauvera peut-être ;

Mais le peuple cruel devant toi rassemblé.

Une seconde fois s'est écrié : *Tolle !*

II.

Oh ! les Juifs, les auteurs de ces premiers blasphèmes,

N'ayant vu qu'un rayon de tes bontés suprêmes

Et du monde sauvé n'étant pas les témoins,

Étaient moins criminels en te connaissant moins ;

Mais nous à qui ton œuvre en plein s'est fait connaître,

Esclaves affranchis, nous tuons notre maître !

Et, loin d'en ressentir le plus chétif remords,

On a frappé du pied la tombe des dieux morts,

Afin que, réveillés, leur fétide poussière

Vînt usurper ta place, ô vivante lumière !

Mais de ces dieux tombés les réduits ténébreux

Ne nous ont renvoyé qu'un son funèbre et creux,

Bien plus désespérant que l'absolu silence ;

Et le trône des cieux est encore en vacance.

Toi seul pour l'occuper apparais assez grand...

Tu montes au milieu d'un peuple indifférent

Au haut du Golgotha !!! Pleurante sur ta trace

Nulle femme ne vient pour t'essuyer la face.

Nul Simon, te voyant accablé sous ta croix,

Ne s'est offert afin d'en partager le poids.

Pour étancher ta soif, le fiel qu'on te présente

Est cent fois plus amer à ta lèvre brûlante.

Rien, pas même un larron qui, t'aidant à mourir,

Et, demandant sa grâce à ton dernier soupir,

Vienne, par cet appel à ta divine essence,

Rappeler à la mort ta suprême puissance.

Le fils du dieu vivant, de néant couronné,

A jamais de son père est-il abandonné?

III.

Oh! Christ, à quand la fin de cette grande épreuve?...

Il ne restera plus bientôt une ame neuve

Qui ne ressente en soi cette angoisse sans nom

Que laisse de la foi le fatal abandon :

Sacrilége qui naît jusques au cœur qui t'aime,

Qui voudrait t'adorer dans ta splendeur suprême,

Et, te voyant si sombre, est prêt à supposer

Que la vérité même a pu nous abuser ;

Imperturbable ver dont le travail dévore,

Comme un premier soupçon sur celle qu'on adore,

Comme un penser cruel que l'on voudrait bannir,

Et qui reste toujours dans notre souvenir.

Des piliers de granit, corrodés par ce doute,

Ont laissé sans appui le cintre de ta voûte ;

Et les plus beaux soleils dont ton ciel ait relui

Sont ceux sur qui Satan a projeté sa nuit.

IV.

Pourquoi, pourquoi, mon Dieu, ne m'as-tu pas fait naître

Dans ces temps où ta loi ne faisait que paraître,

Où vers toi tout esprit allait avec amour,

Ainsi que la paupière aime et cherche le jour;

Où, de la charité révélant le mystère,

Tes disciples changeaient la face de la terre,

Lorsque l'humanité, dans le fond des enfers

Secouant les derniers anneaux de ses vieux fers,

S'endormait sur ton sein de ta grâce inondée,

Comme fit autrefois le fils de Zébédée,

Le soir lorsque tes mains dans un dernier repas

Eurent rompu ce pain qui sauve du trépas.

V.

Oh ! si ce n'est que par un autre sacrifice

Que tu peux de la foi relever l'édifice,

Hâte-toi de mourir pour sortir du tombeau,

Et recréer encore un univers nouveau.

Meurs, afin que le monde épouvanté connaisse

Combien sans ta clarté la nuit devient épaisse;

Afin que, fatigué de chercher un appui,

Tout esprit se replie et s'accable sous lui;

Afin, qu'esclave encor, l'humanité ressente

Combien des anciens jours la chaîne était pesante.

Meurs, pour que, sous le fer le bon droit abattu,

La faiblesse soit crime et la force vertu;

Pour que de tes croyans s'achève le martyre;

Pour que du temple en deuil le voile se déchire,

Pour que l'impiété touche au dernier moment,

Et n'ait plus de prétexte à son égarement;

Pour que les cœurs d'airain et les rochers se fendent;

Pour que du centenier les paroles s'entendent,

Pour que chacun se frappe, et s'écrie avec feu :

Le siècle soit maudit, le Christ était un Dieu !

LE CHRIST A GETHSEMANI.

A SON AMI

M. FERDINAND DE CAPMAS,

ANCIEN SOUS-PRÉFET.

— Mars 1831. —

LE CHRIST A GETHSÉMANI.

―――――

Ne nous étonnons point des mystères sublimes

Où, pour le soutenir sous le poids de nos crimes,

La faiblesse de l'Ange assista le Dieu fort ;

Où, se cherchant lui-même et se trouvant infame [1],

1. « Le Seigneur a été fait péché pour nous. » (Saint Paul, II Corinth., v. 21.)

Le bien-aimé du ciel s'écria que son ame
    Était triste jusqu'à la mort.

Ne nous étonnons point si sa douleur profonde
Augmentait en scrutant les annales du monde ;
Si, du fleuve du mal interrogeant le cours,
Il fut soudain couvert d'une sueur sanglante,
Et détourna les yeux d'une image accablante...
    Il avait aperçu nos jours.

Il avait aperçu le deuil de son église,
La langue des enfers chez les hommes admise,
Et la nuit descendue au nom de la clarté,
L'assassinat ayant son hymne de victoire,

Et la vertu sa honte, et le crime sa gloire

    Et quelquefois sa sainteté !

Il avait entendu ces sinistres paroles :

« Oh ! Christ ! c'est vainement que pour nous tu t'immoles ;

« A tes autels usés nul n'ose recourir ;

« Nous avons abjuré tes longues impostures :

« Par toi l'esprit humain a reçu des blessures

    « Dont il veut enfin se guérir.

« Venez, peuples, au lieu d'imbéciles hommages,

« De ce Dieu ridicule abattre les images :

« Le cœur du criminel en est parfois brisé ;

« Nous ne voulons rien voir de ce qui nous condamne :

« Quand dans son char doré passe la courtisane,

  « Son œil en est scandalisé.

« Que la main de l'honneur s'y porte la première !

« Soldat, frappe le Dieu qui bénit ta bannière !

« Magistrats, bannissez le Dieu de l'équité ;

« Captif, brise celui qui, proscrivant ta chaîne,

« En face des tyrans dont il brava la haine

  « Le premier a dit : Liberté [1] ! »

Et le Christ les a vus, dans leur sombre énergie,

---

1. « Où est l'esprit du Seigneur, là est aussi la liberté. » (Saint Paul, épître aux Corinthiens)

Bouleverser son temple et sa sainte effigie,

Et dans des lieux souillés de débauche et de vin

Traîner en un banquet la croix dont ils se jouent,

Comme d'un convié que les autres bafouent,

    Afin d'égayer le festin [1].

Mais, voyant s'approcher l'heure du sacrifice,

Le Fils de l'homme a dit : « Je boirai le calice,

« Et de ces attentats j'accepte encor le faix !

« Je vais m'acheminer au sommet du Calvaire,

« Et mon sang en tombant inscrira sur la terre

    « Des pardons pour tous les forfaits. »

---

1. A Reims, la croix fut traînée dans un cabaret.

Et nous, fils de son culte, imitons son exemple !

Sur le profanateur de la croix et du temple

Gémissons ; un remords peut le rendre au Seigneur.

Sous notre affliction que toute haine expire !

C'est le temps de pleurer et non pas de maudire :

Le ciel même est dans la douleur !

A M. SIGALON,

SUR SON DÉPART POUR ROME.

— Juin 1833. —

A M. SIGALON.

« Quand on aspire à l'immortalité, c'est une
grande avance que d'être chrétien. »
(CHATEAUBRIAND ; sur les voyages de M. DE FORBIN au Levant.)

ıt tu vas te livrer à la vague marine

ıère encor du sillon qu'y laissa Lamartine ,

ı e l'art religieux sublime pèlerin !

ı ʾu vas voir cette Rome aux illustres poussières ,

Qui rouvre dans la mort de divines paupières,

Et dont le cercueil'même est encor souverain !

Si son aigle n'a plus la terrible prunelle,

Dont l'éclat foudroyant, l'homicide étincelle,

Aux peuples effrayés faisait baisser les yeux :

A tous ceux dont le cœur est vide d'espérances,

Elle offre pour abri ses deux ailes immenses,

Comme son panthéon s'ouvrait à tous les dieux.

Toute grandeur déchue habite ses ruines :

Le siége de celui qu'on couronna d'épines

Doit être en harmonie au front découronné ;

Rien n'y saurait blesser une altière disgrâce :

La tombe des héros est la plus noble place
Où peut venir s'asseoir un grand infortuné.

Quand la raison humaine erre en sa route sombre,
Aveugle qui tâtonne et cherche en vain dans l'ombre
Du bout de son bâton le mur qui la conduit ;
Quand ténèbres et vide habitent seuls l'espace ;
Quand le doute épuisé tombe et reste à la place
Où l'avaient amené le hasard et la nuit ;

Oh ! Rome encor n'a point fini ses destinées :
Elle repeuplera ses nefs abandonnées,
Et les esprits verront son fanal rebriller ;
Ils se retrouveront à sa lueur amie ;

Et pour se reposer de leur longue insomnie,
Ils redemanderont son divin oreiller.

Salut en abordant à ce sacré rivage !
A cette autre patrie il te faut rendre hommage,
Sigalon ! Le Nìmois est à demi romain :
Sa ville fut aussi la ville aux sept collines ;
Un beau soleil y luit sur de grandes ruines,
Et l'un de ses enfans se nommait Antonin.

Ah ! loin d'humilier la veuve en sa cellule,
De l'ignoble dédain du sourire incrédule,
Des lèvres de Ferney plagiat odieux,
Qu'un saint enthousiasme en ses murs t'accompagne ;

Souviens-toi que la foi transporte la montagne :
Ton pinceau sera grand, si ton cœur est pieux.

L'esprit de Michel-Ange, en ses rêves sublimes,
Avait avec le Christ des entretiens intimes ;
Des encensoirs du ciel il respirait l'encens ;
Sion lui dévoilait ses mystiques annales,
Et son œil contemplait ces beautés virginales
Qui ravissent le cœur sans effleurer les sens ;

Et les fronts recueillis des quatre grands prophètes,
Qui sentaient l'avenir s'agiter dans leurs têtes,
Moïse palpitant des divines faveurs :
Celui qui vient de voir Jéhova face à face :

La nue autour de lui tonne encor la menace,

Et les éclairs pressés y croisent leurs lueurs;

Et les martyrs portant des palmes immortelles;

Le chérubin qui flotte en se croisant les ailes

Dans les brillans lointains des séjours fortunés;

Et les cercles sans fin des myriades d'anges,

Et l'enfer et sa nuit et ses flammes étranges,

Où, comme des boas, se tordent les damnés.

Car son regard croyant évoqua la présence

Du jour du châtiment et de la récompense:

Le Sauveur devient juge et le remords est vain:

Et des sons effrayans dans l'air se font entendre;

Et les morts, étonnés du réveil de leur cendre,
Montent comme aspirés par un souffle divin.

Et, comme un tigre ardent dans sa sanglante joie,
Rugit entre ses dents qui cramponnent sa proie,
En voyant arriver ses nouveaux habitans,
Innombrables moissons qu'avait semé le crime,
Du rire des démons s'épanouit l'abîme......
L'éternité reçoit les derniers flots du temps.

Oh ! si ces grands aspects par toi doivent revivre,
Aux mamelles du ciel il faut que tu t'enivre :
Tu t'es souvent moqué des risibles efforts
De ceux qui, dans la foi, tuant la poésie,

A M. SIGALON.

Voulaient qu'elle se tînt debout comme la vie,
Quand leur scalpel avait travaillé sur son corps !...

Mais peut-être il est temps de m'imposer silence,
L'instant de ton départ inflexible s'avance ;
Oh ! rien ne bornerait la causeuse amitié
Qui veut faire passer son ame en ses paroles....
J'entends au haut du mât frémir les banderoles ;
Et de l'anneau du port le câble est délié.

Et le zéphyr plus vif dans ta voile se joue ;
Et les baisers d'adieu se pressent sur ta joue....
Porte aux flots inconstans un généreux défi ;
Demeure indifférent sur le calme et l'orage :

Tout, jusqu'à la tempête, entre dans ton voyage,

Tu sais comment Vernet la mettait à profit[1].

1. Vernet peignit une tempête attaché à la proue d'un vaisseau.

A UN EXILÉ.

— 29 Septembre 1833. —

Un grand destin commence, un grand destin s'achève.

CORNEILLE.

A UN EXILÉ.

Ta jeune royauté prend la robe virile ;

Et le temps qui viendra ne sera pas stérile.

L'enfant d'hier, fait homme, aujourd'hui peut oser,

Et faire devant Dieu promesse solennelle

De commencer pour nous une veille éternelle :

Le chef d'un grand empire est une sentinelle

Que la mort seulement doit faire reposer.

Car le trône n'est plus sur la terre française

Une couche où l'on peut mieux dormir à son aise;

Où l'homme le plus fort trop souvent s'amollit.

Si le ciel veut qu'un jour ton sceptre nous régisse,

Le premier enseignant l'esprit de sacrifice,

Il te faudra debout dispenser la justice :

Le prétoire royal ne peut plus être un lit.

Il te faudra surtout, par tes propres mérites,

Refaire un Saint des Saints aux majestés proscrites :

Leur voile profané n'est plus qu'un vil lambeau,

Sur le velours royal le mendiant se rue,

La couronne est traînée au ruisseau de la rue,

Et la dérision à la fête accourue

Endosse de cent rois le glorieux manteau !

Tu viendras, pour la voir dans l'honneur retrempée,

De la nuit du fourreau délivrer notre épée

Qui n'en sort qu'à la voix d'un lord de la cité :

Nos turcarets, couverts de pourpre et de dorures,

Au timon de l'état portent leurs mains impures,

Et la France sous eux a subi tant d'injures

Qu'à son front glorieux le rouge en est monté.

Que par toi, s'embrassant d'une sincère étreinte,

L'autorité rigide et la liberté sainte

Aillent comme deux sœurs en se donnant la main.

Du Saül populaire apaisant les vertiges,

Si tu veux au pouvoir rendre tous ses prestiges,

Il te faudra marcher de prodige en prodiges

Et ne jamais faillir dans ce brillant chemin.

Quelque chose de grand se couve dans le monde ;

Il faut, oh ! jeune roi, que ton ame y réponde ;

Les temps sont en travail pour des jours plus heureux.

Le siècle est dévoré d'incurables ulcères,

Tu n'épouseras point ses honteuses misères,

Et de tous ses tombeaux recueillant les poussières,

Tu n'en bâtiras pas un palais ténébreux.

Sous les pieds de l'erreur la terre se dérobe,

D'un pénible sommeil se réveille le globe ;

On reconnaît partout la main de Jéhova :

Des îles de la mer, jadis silencieuses,

Aux nautonniers perdus sur ses eaux spacieuses,

Pan fait entendre encor des voix mystérieuses

Qui lamentent ces mots : Un vieux monde s'en va.

L'Inde voit son autel miné par l'Angleterre,

Les pointes du Croissant se déclarent la guerre,

Et s'acharnent ainsi que deux becs de vautours ;

Luther, à l'infini divisant son domaine,

N'a pas pu féconder la raison souveraine ;

Le problème a lassé l'intelligence humaine,

Et Babel désespère et renverse ses tours.

❧

Chaque journée enfante et dévore un système ;

L'impiété commence à se dire anathème :

La foi d'un souffle impur a sauvé son flambeau :

Brisant son front d'airain contre nos cathédrales,

L'antechrist Arouet est à ses derniers râles,

Et Jésus, seul vivant dans ces morts générales,

Une seconde fois triomphe du tombeau.

❧

Et pour édifier sur l'Europe écroulée,

Au grand apostolat la France est appelée;

Le glaive de l'esprit est puissant à son bras :

Le Seigneur n'a jamais frappé sa tête altière

Que pour mieux lui montrer la céleste lumière,

Et pour la relever du sein de la poussière,

Ainsi qu'il fit à Paul au chemin de Damas.

S'il reste quelques rois dont le regard s'obstine,

Qui prennent la lueur qui blanchit la colline

Pour le pâle rayon de l'astre de la nuit;

C'est qu'ils se sont couchés dans la plate campagne.

Mais toi que la rigueur de l'exil accompagne,

Que le matin surprend au haut de la montagne,

Dis-leur : Réveillez-vous, c'est le soleil qui luit !

Et ne te lasse point de proclamer l'aurore

Aux mortels dont les yeux ne s'ouvrent point encore !

Oh ! ce n'est pas pour rien que, calmant notre deuil,

Le ciel par un mourant fit révéler ta vie,

Que quelque temps après, de ses enfans suivie,

Aux yeux de l'univers la nation ravie,

T'éleva dans ses bras sur le bord d'un cercueil.

AUX POÈTES CHRÉTIENS.

A M. LE MARQUIS DE DREUX-BRÉZÉ.

— Février 1834. —

8

AUX POÈTES CHRÉTIENS.

———

I.

Amis, n'en doutons point, la muse est prophétesse ;
Ils savent maintenant pourquoi cette tristesse
Exhalée en des jours qu'ils croyaient pleins d'espoir.
Une fée autrefois, au sommet des tourelles,

Venait se lamenter par les nuits les plus belles,

Et lorsque la liesse était dans le manoir.

Chacun se demandait le sujet de sa plainte...

Mais bientôt du baron la race fut éteinte :

Emmenant ses trois fils aux guerres du saint lieu,

Avant d'être vainqueurs de la tombe sacrée,

Surpris des Sarrasins, leur tête fut livrée

Au sabre recourbé de ces maudits de Dieu.

Et le château devint désert et solitaire.

Et quand l'automne froid eut attristé la terre,

Et prolongea des nuits la ténébreuse horreur,

Par les vitraux brisés introduits dans les salles,

Les quatre vents rompaient des lances infernales,
Comme dans un champ clos ouvert à leur fureur.

Et la vieille légende, hélas ! c'est notre histoire.
Vous eûtes beau gémir, nul ne voulait vous croire ;
Mais voilà que l'esprit a fui notre air mortel,
Que son temple est frappé d'un funeste veuvage,
Et que les factions, écumantes de rage,
Pour y placer leur chef s'y disputent l'autel.

Et la raison publique est semblable à la pierre
Que les chars en passant divisent en poussière,
Qui retombe et blanchit les arbres du chemin,
Obscurcit les regards du cavalier rapide,

Et redouble la soif dans le gosier aride
Du piéton qui se traîne un bâton à la main.

Et l'on n'aperçoit plus qu'immense solitude
Dans le champ du mystère ou de la certitude.
Le sable a rembruni l'espace le plus vert,
Et la matière seule, en ces plaines fatales,
Domine, comme on voit ces tombes colossales,
Ou ces sphinx de granit assis dans le désert.

Et les rois ont perdu le droit à la puissance,
Et les peuples celui de leur indépendance :
Quand, par eux, des tyrans les sceptres sont rompus,
L'anarchie aussitôt ouvre son gouffre horrible,

Et la liberté n'a que le choix inflexible

D'une soif dévorante ou des flots corrompus.

Et chacun consterné demande, en sa tristesse,

Si l'ombre peut encor devenir plus épaisse ;

Si jamais telle orgie égara les esprits ;

Si la confusion peut être plus complète ;

Si jamais le chaos, dans le vin d'une fête,

Vit le sol plus jonché de coupes en débris.

II.

Mais vous avez jeté le cri de l'espérance...
Trinité du néant, ombre, vide, silence,
      Évanouissez-vous !
L'esprit doit revenir, ordonnant la matière,
Du chaos ténébreux retirer la lumière
Qui doit étinceler pour le salut de tous.

Au son de vos lyres suprêmes,

L'édifice des temps futurs

Verra les pierres d'elles-mêmes

Se ranger pour former ses murs.

Avides de saintes paroles,

Les cœurs recevront trois symboles :

Foi par qui tout est transporté,

Espérance qui fortifie,

Charité qui réconcilie

La richesse et la pauvreté.

Car du Christ seule encor la parole féconde,

Du fond de son tombeau peut ranimer le monde

    Mort par un oubli de la foi.

Seule elle peut, au bord du réduit funéraire,

Dire au cadavre infect : Écarte ton suaire !

Au nom du Dieu vivant, Lazare, lève-toi !

Déjà vieille et toute cassée,

Courtisane mise au rebut,

Qui, dans son fauteuil affaissée,

Radote tout ce qu'elle fut ;

L'incrédulité décrépite

En elle-même se dépite

De voir ses amans dans l'ennui.

Plus d'un lui lance l'anathème

Et vient, ainsi que Nicodème,

Trouver Jésus pendant la nuit.

Que plus rapidement le temps se précipite,

Pour que les jours divins nous arrivent plus vite ;

Car, hélas ! le monde est pareil

A ces champs entr'ouverts de crevasses avides

Qui demandent l'ondée et des souffles humides

travers leurs rameaux brûlés par le soleil.

Alors le peuple débonnaire

Bénira la main du pouvoir ;

Il ne verra plus sa misère

Comme un raisin sous le pressoir ;

Et, dans la justice reteinte,

La pourpre redeviendra sainte ;

Ce diadème des douleurs,

Qui, sous ses épines fatales,

Fait saigner les têtes royales,

Ne sera qu'un bandeau de fleurs.

lors la croix verra, sous son ombre bénie,

Mourir toute révolte et toute tyrannie;

Cet arbre, abri des nations,

Où le vieil univers vint suspendre sa chaîne,

Sera justifié par la science humaine,

Ainsi que le soleil par ses propres rayons.

III.

Mais, avant que l'aube se montre,

Et que le nouvel astre ait lui,

Plus d'une sanglante rencontre

Peut épouvanter notre nuit.

Vos chants du Saül populaire

Viendront apaiser la colère,

S'il se déchirait de sa main.

Le triomphe qui le contente

Le soir en rentrant dans sa tente,

Le fait gémir le lendemain.

Au milieu des partis, approchez-vous et dites

Combien l'amour est grand et les haines petites ;

Que le remède est bien plus haut ;

Que Dieu seul peut guérir le mal qui nous accable ;

Que la vengeance n'est qu'une chaîne implacable

Où l'anneau qu'on ajoute appelle un autre anneau !

Malheur à la lyre avilie

Qui flatte un peuple dans sa nuit,

Qui chante à table, et qui s'oublie

Jusqu'à s'enivrer avec lui !

De déshonneur elle est frappée,

Ainsi que cette indigne épée

Qui, répudiant la valeur,

Au milieu de la grande place,

Pour amuser la populace,

Tourne entre les mains du jongleur.

Mais bénédiction à tout chantre sévère,

Qui préfère, à son front, l'épine du Calvaire

    Au cercle d'un laurier honteux;

Qui, parlant de sagesse à tout sanglant délire,

Au jour du grand réveil comme Job pourra dire :

    Je fus l'œil de l'aveugle et le pied du boiteux.

    Dans un galetas solitaire

    La mort pourra fermer ses yeux;

    Mais ses chants rompus sur la terre

    Iront se renouer aux cieux.

    Quittant cette triste vallée

    Son ame sera consolée;

    Son parfum n'y fut répandu,

    Comme ceux de la pénitente

    A la chevelure pendante,

Que sur les pieds de la vertu.

Pour prix de cette paix saintement célébrée,

Si des hommes encor la haine enténébrée

    Vous faisait subir son courroux;

Voilés du crêpe noir que porte la victime,

Si Dieu vous destinait à combler un abîme,

Dans le gouffre en tombant criez-leur : Aimez-vous !

    Mourant, demandez encor grâce

    Pour les erreurs de vos bourreaux ;

    Dieu sait combien est efficace

    Le pardon qui sort des tombeaux !

    Que de vos luths dans le veuvage

Le vent sur votre sarcophage

N'arrache pas même un soupir !

Et, si quelque son s'en envole,

Ce soit une douce parole

Pour ceux qui vous feraient mourir !

IV.

Oh ! mes frères ! pourquoi notre pieuse attente

Se revêt-elle encore d'une teinte de deuil ?

Pourquoi, comme le chant que le prêtre lamente,

Lorsqu'en chasuble noire il escorte un cercueil,

A l'hymne de l'espoir mêlons-nous l'épouvante ?

Pourquoi l'esprit distrait effleure-t-il l'écueil,

Ainsi que cet oiseau qui prédit la tourmente,

Quand le calme à venir se dévoile à notre œil ?

C'est que tout n'en doit pas savourer les délices :

Les grandes missions sont sœurs des sacrifices;

La mer peut dévorer plusieurs de nos esquifs.

Avant que d'aborder au fortuné rivage,

Il faut doubler un cap parsemé de rescifs;

De cruelles tribus y vivent du naufrage ;

L'Adamastor du mal peut soulever l'orage...

Voilà pourquoi nos fronts se sont courbés pensifs...

Cependant les zéphirs de la nouvelle terre

Apportent jusqu'à nous les parfums de ses fleurs :

Encore, encore un jour, de la mer solitaire

L'horizon calmera l'angoisse de nos cœurs.

Nos regards, abusés par des plages fictives

Que simulaient au loin de flottantes vapeurs,

Dans leur réalité contempleront les rives

Qu'a promises le Christ à ses navigateurs.

A

M. L'ABBÉ F. DE LA MENNAIS.

— Aout 1854. —

A M. L'ABBÉ F. DE LA MENNAIS.

———

Conquérant des esprits, roi de l'intelligence,
En de divines mains abdique la puissance;
Tu seras bien plus grand en abaissant ton front.
Je sais l'immensité de ta douleur intime :

Il te faut immoler une raison sublime ;

Mais, malgré les clameurs de l'ange de l'abîme,

C'est un céleste hommage et non pas un affront.

Quel que soit l'horizon que ton regard embrasse,

D'autres plus loin encore élargissent l'espace,

Et font tomber soudain tous orgueilleux transports.

Dieu seul, en même temps, voit tous les points du globe,

Et quel jour est écrit sur les teintes de l'aube ;

Mais l'homme voit un point, un autre se dérobe,

Et notre esprit se trouble à saisir les rapports.

Vainement la science, en son orgueil suprême,

Dit que, renouvelant sa force d'elle-même,

Notre raison toujours à notre raison luit :

Que du phare du Christ la lumière éclipsée

Brille inutilement à la vue offensée :
Comme si cette mer, où flotte la pensée,
Ne pouvait éprouver la tempête et la nuit !

Ton doigt intelligent indiquait une route :
Le Seigneur en a cent, en a mille sans doute.
Qui soupçonnait la mer tombant sur Pharaon ?
Et cette arche captive aux mains de l'infidèle,
Renversant ses vainqueurs et leur dieu devant elle,
Et, pour nous démontrer que la vie est en elle,
Recouvrant de rameaux la verge d'Aaron ?

Les princes, nous dis-tu, vieillards au teint livide,
Se couvrent vainement de leur pourpre splendide :
Leur ulcère commence à pourrir leur manteau ;
La dissolution de jour en jour s'opère.

Peuples, si voulez une ère plus prospère,

Ainsi que l'Africain égorge son vieux père,

Par pitié dans leur sein enfoncez le couteau!...

Ils ont rendu du Christ la parole inféconde :

Qu'ils tombent, et le ciel descendra sur le monde,

Et vous verrez le jour de l'ombre indépendant.

Vos vieillards seulement vous rendront la justice ;

Dans les cœurs renaîtra l'esprit de sacrifice.

Honneur à qui combat pour que ce temps surgisse....!

Rêve de La Mennais! mais rêve cependant!

Hélas! les rois n'ont pas seuls trompé notre attente,

La populace aussi compte une ère sanglante.

Alors la liberté voila ses yeux de pleurs ;

Le tyran, en haillons, n'en fut que plus farouche.

Tout système a passé par la pierre de touche :

Jamais le genre humain, se tournant sur sa couche,

N'a pu complètement endormir ses douleurs.

Chaque jour qui se perd dans l'abîme des âges,

Ne varie après tout que l'aspect des orages,

Et ne fait que changer le mode de souffrir.

Toi-même tu l'as dit, l'exil est sur la terre,

Les cris de l'opprimé ne s'y peuvent pas taire,

L'injustice y possède un sceptre héréditaire

Qu'à son poignet de fer nul ne pourra ravir.

Et puis, quelle que soit la nuit que l'on abhorre,

Du candélabre éteint la mèche fume encore,

Et l'Esprit-Saint a dit qu'il ne l'éteindrait pas.

Ninive a parcouru la moitié de l'abîme,

Le Seigneur l'en retire, et pardonne à son crime;

Ezéchias, chantant son cantique sublime,

Trompe l'avidité du gouffre du trépas.

Je n'attends pas ici le céleste royaume,

J'attends ce demi-jour où peut prétendre l'homme;

Je crois que tous ces os blanchis et parsemés

Sur ce désert sans fin que le soleil dévore,

Sous un souffle vivant se lèveront. J'ignore

S'il viendra du couchant, s'il viendra de l'aurore;

Mais je crois fermement qu'ils seront ranimés.

O grand homme! pardonne à ce hardi langage!

Sur ton front foudroyé d'autres jettent l'outrage;

Mais mon cœur a banni tout sentiment amer.

Ah! loin de t'affliger, que ma voix te console:

C'est toi qui la formas, c'est ta propre parole,

Un parfum qui retombe au sein de sa corolle,

Un modeste ruisseau qui retourne à la mer.

Une angoisse accablante a submergé ton être;

Ta veillée est semblable à celle de ton maître,

Quand le calice amer s'offrit devant ses yeux.

De l'esprit séducteur la perfide louange...,

Les reproches divins....: il te faudrait un ange,

Afin de t'assister dans ce combat étrange,

Qui te plonge aux enfers ou te remonte aux cieux.

Aussi nous supplirons le Seigneur en silence

Que tes jours d'autrefois pèsent dans la balance,

Si sous la main du Christ encor tu te cabrais;

Pour que sur ses genoux enfin tu te reposes,

Et que ses doigts divins sur tes paupières closes

Passent, et, les ouvrant, te fassent voir les choses

Qu'il dévoilait jadis à l'ange de Cambrai!

SAINTE-HÉLÈNE,

ou

ANATHÈME ET GLOIRE.

—

A M. DE CHATEAUBRIAND.

SAINTE-HÉLÈNE

ou

ANATHÈME ET GLOIRE.

Tour à tour se croisant dans leur vol spacieux

Entre l'immensité des ondes et des cieux,

Entre deux univers, échos de leurs paroles,

Dont les sons solennels émeuvent les deux pôles,

    Deux fantômes sur un écueil,

10

Proclamant des exploits et des crimes célèbres,

De sublimes lueurs ou d'horribles ténèbres

Couvrent la pierre d'un cercueil.

PREMIÈRE VOIX.

De l'ange, fléau du guerrier,

Il eut l'épée étincelante;

Le vautour suivait son sentier;

Et les ailes de l'épouvante

Étaient aux flancs de son coursier.

DEUXIÈME VOIX.

Dans sa brillante carrière,

Son coursier dans la poussière

N'a point foulé tous les droits ;

De cette comète errante,

La crinière flamboyante

N'a fait pâlir que les rois.

PREMIÈRE VOIX.

Plus d'un infortuné royaume

Eut le sort de son souverain ,

Et fut égorgé comme un homme

Attendu sur le grand chemin :

Le terrible bandit , radieux de ses crimes ,

Après avoir fouillé le cadavre étendu ,

Disait avec jactance au Français confondu :

Tiens , prends ces dépouilles opimes ;

Nous réglerons plus tard ce qui me sera dû.

DEUXIÈME VOIX.

Accourez, accourez, jours brillans de sa vie,

Chasser l'ombre de son tombeau !

Quand dans la nuit de l'anarchie

L'autorité par lui ralluma son flambeau ;

Quand triomphateur, jeune encore,

De chefs-d'œuvre captifs dotant nos museum,

Il releva l'étendard tricolore

Des turpitudes du Forum.

D'une fange sanglante il nétoya nos armes,

Et, rappelant la gloire à nos fronts avilis,

Il fit de la hache des Carmes

Le noble glaive d'Austerlitz.

PREMIÈRE VOIX.

Oui, mais la liberté, sa mère,

Lui vint bientôt, dans sa douleur amère,

Dire : Parricide effronté,

Je sais à quel dessein ton ame s'abandonne,

Mon cadavre pourra t'exhausser jusqu'au trône :

Eh bien ! punis ces flancs de t'avoir enfanté.

DEUXIÈME VOIX.

Qui...? lui...? Domitius? Non, non, ce fut Octave,

Le peuple sait ce qu'il lui doit :

Il dépouilla par lui l'ignominie antique,

Et pour faire tomber l'arrogance héraldique,

Il n'a qu'à le montrer du doigt.

PREMIÈRE VOIX.

La plèbe chèrement paya cet apanage.

La frontière n'est plus qu'un cercle de carnage.

Que de mères au désespoir !

Le tyran recrutait aux bornes de l'enfance,

Barbare pourvoyeur de ce champ de vaillance,

Qui n'était plus qu'un abattoir.

DEUXIÈME VOIX.

La plèbe s'éleva par le mode ordinaire :

La douleur purifie et la mort régénère.

Tout équinoxe est orageux :

Une vieille saison descendait dans l'abîme,

Une autre apparaissait sanglante, mais sublime ;

Et tout peuple grand est heureux.

Du terrible Empereur la mémoire est bénie ;

La populace encor reflète son génie,

Ainsi que l'Océan le céleste flambeau.

Accourez, accourez, jours brillans de sa vie,

Chasser l'ombre de son tombeau.

Quand dans ses belliqueux vertiges

Vers l'Orient prenant l'essor,

Au sol qui vit tant de prodiges

Son génie en fit voir encor ;

Quand vers la grande pyramide

Tournant son index intrépide

Et ses regards étincelans,

Contre des forces inégales,

Pour voir ces luttes colossales

Il appela quatre mille ans.

Et les quatre mille ans du passé se levèrent,

Et du surnom de grand en chœur le proclamèrent,

　　Et dirent : Enfin aujourd'hui

　　Le monde a vu s'accomplir le mystère

De cette trinité de gloire militaire,

　　　Alexandre, César et lui.

Tout fêta sur ces bords son triomphe suprême,

Le soleil redonna l'harmonie à Memnon,

Le palmier détacha ses branches de lui-même,

Les sept bouches du Nil murmurèrent son nom,

Et la mer le reçut, et la voix de son onde

Le redit à son tour aux quatre coins du monde.

Tous les vieux Pharaons se levèrent d'effroi,

Et firent tressaillir leurs tombes éternelles......

PREMIÈRE VOIX.

La victoire à Jaffa se voila de ses ailes,

    Et l'univers a su pourquoi.

DEUXIÈME VOIX.

Et depuis, point de halte en son élan sublime.

D'un immense glacier il subjugue la cime,

Et tombe comme l'aigle au sol italien.

C'est un autre Annibal sans une autre Capoue.

La fortune à son char a fait don de sa roue,

    Et pour lui l'obstacle est moyen.

PREMIÈRE VOIX.

Sa palme grandissait ; mais la nuit de Vincenne,

En ignoble assassin changea le capitaine!

Son bras, qui rassurait, effraya le regard :

    Lorsqu'à la France détrompée

    Il voulut montrer son épée,

    La France ne vit qu'un poignard.

    O nuit...! nuit homicide,

Où le tyran s'assit au banquet régicide,

Et, jurant alliance aux esprits des enfers,

    Du sang royal emplit sa coupe,

    Et but, avec l'infame troupe,

    A la fortune des pervers.

Dans leur complaisance féroce,

Huit hommes, si ce nom appartient aux bourreaux,

Étaient entre ses mains atroces

Comme l'ignoble fer qui pend aux échafauds.

Il leur fut dit : Prenez séance ;

Dans les bassins de la balance

Mettez la mort, et puis la mort ;

Que promptement cela se fasse.

Il mesura leur temps, afin que le remords

Ne pût y trouver une place.

Au tribunal accusateur

Le prévenu paraît, ou plutôt la victime ;

On lui dit quel était son crime :

C'était son nom et sa valeur.

Deux mots sont prononcés : tout est muet d'horreur;

Les visages, les cœurs, la nuit, tout était sombre;

. Rien ne troublait le silence de l'ombre

Hors la pioche du fossoyeur......

DEUXIÈME VOIX.

Le soleil quelquefois dans sa course éclatante

Peut offrir aux regards une tache sanglante,

Mais il règne toujours au haut des cieux déserts;

Par lui la vapeur monte, et la foudre est féconde;

La tempête en son vol ravage un coin du monde;

Mais il n'en est pas moins l'ame de l'univers.

Ainsi sa main inexorable

A brisé les jours d'un héros.

Mais pour un trépas déplorable,

Qu'il a ranimé de tombeaux !

A sa volonté souveraine

La foi, s'échappant de l'arène,

Relève son temple détruit :

Il rétablit le sacrifice,

Et tend la main à la justice,

Qui disparaissait dans la nuit.

Le bras des bourreaux de la France

Connaît enfin l'oisiveté :

Et des autels à l'espérance

Repeuplent le sol dévasté.

Confiante dans son étoile,

De son long deuil quittant le voile,

La patrie a son lendemain ;

Et des œuvres de son épée

Les arts tracent une épopée

De pierres, de marbre et d'airain.

Arches portant le nom d'une grande journée,

Des deux bords de la Seine opérant l'hyménée ;

Portes au cintre colossal,

Rades où la fureur des flots est enchaînée,

Colonnes au fût triomphal,

Toi surtout qui formas ton immense stature

Avec les canons ennemis,

Tourment des rois, par son glaive soumis,

Crois-tu de ses travaux nous offrir la figure ?

L'œil avec peine te mesure,

Et cependant tes flancs aux contours spacieux

N'offrent que quelques jours de sa longue victoire :

S'il eût fallu sur eux graver toute sa gloire,

Ton sommet toucherait les cieux.

PREMIÈRE VOIX.

Il releva la croix ; mais le prêtre suprême

Est par ses cheveux blancs hors du temple traîné :

Et depuis lors le Dieu qui l'avait couronné

Au front impérial fit tomber l'anathème ;

A l'esprit de vertige il est abandonné ;

Dans sa coupe a coulé ce vin de la colère

Qui mène chancelant au gouffre expiateur :

A la nuit des enfers promettant sa lumière,

Son étoile des cieux abdique la hauteur ;

Son génie à la fin lui devient infidèle,

Aux flammes du Kremlin il va brûler son aile.

    Ses regards, jadis si certains,

Hésitent obscurcis par des ombres funèbres ;

    Il tâtonne dans ses desseins,

    Comme une main dans les ténèbres.

Ou bien, tête baissée, il brise son essor

    Contre une insurmontable impasse :

    C'est en vain que l'hiver du nord,

    Ainsi qu'un autre Adamastor,

    De sa colère le menace.

    Le superbe, dans son audace,

Parmi ses complaisans avait rangé le sort.

Mais, ô de son orgueil déplorables trophées !

Espace où les corbeaux s'abattent par nuées,

Où la terre, trop pleine, a revomi les morts,

Où lui-même passait d'une course pressée,

Afin d'affranchir sa pensée

De la torture du remords !

Déserts, tombeaux glacés d'héroïques victimes,

Où la neige s'étend comme un vaste linceul,

Quelles larmes assez sublimes

Pourront couler sur tant de deuil !

Sur cette plaine désolante,

Quel autre Ezéchiel fera tomber sa voix !

La patrie est comme un carquois

Vide de tous ses traits qui portaient l'épouvante.

N'entendez-vous pas retentir

Du Kalmouk rassuré la farouche fanfare ?

Que les doigts qui touchaient la lyre du plaisir

Préparent la litière aux chevaux du barbare !

Le feu de ses bivouacs a de nos Trianons

Noirci les dieux de marbre et flétri la verdure.

Paris, sœur de Byzance, a dévoré l'injure :

Les esprits belliqueux des Français aux grands noms
Ont déserté, la nuit, leur froide sépulture,
Et d'indignation fait tomber leur armure
    Des parvis de nos panthéons.

DEUXIÈME VOIX.

Que la honte en retombe au front de tous les traîtres
Qui, puissant, lui baisaient l'empreinte de son pied,
Et qui, lorsque le dieu fut tombé du trépied,
Allèrent lâchement s'offrir à d'autres maîtres ;
Sur tous ceux que gorgeait son or impérial,
Qui, soupirant après le repos des satrapes,
Maudissaient dans leur cœur ce juif errant fatal

Qui leur faisait subir d'éternelles étapes.

Nuages insensés, l'éclat de vos splendeurs

N'était que le reflet de sa grande lumière ;

L'astre, selon vos vœux, a fini sa carrière ;

Mais son coucher vous rend à l'état de vapeurs.

Sur la terre long-temps par sa foudre domptée,

Son aigle traîne enfin une aile ensanglantée.

Aux livides lueurs de son dernier canon,

Il tombe : mais sa chute a fait un vide immense.

Les peuples ont repris leur nuit et leur silence :

Sa gloire était leur jour, leur bruit était son nom.

L'Angleterre lui dit : S'il faut que tu t'exiles,

A tes pieds fatigués j'offre mon escabeau.

Puis elle dit tout bas aux rois : Soyez tranquilles,

    Sa prison sera son tombeau.

Albion ! Albion ! nation assassine !

Tu te voudrais en vain blanchir de son trépas.

Toute l'eau de ces mers où ton orgueil domine,

Pour laver ton forfait ne te suffirait pas.

O vous qui demandez au moindre vent qui passe,

Si de sa voix altière il n'apporte aucun son ;

Vous qui fixez toujours les yeux sur l'horizon,

Pour voir s'il ne vient pas reprendre encor sa place ;

Rois, comme il vous fut dit, sa tombe est sa prison.

　　Approchez-vous de cette couche,

Voyez, il est bien mort : plus de cruel souci.

L'ouragan en fureur ne sort plus de sa bouche ;

Et pour exécuter sa volonté farouche

La foudre ne vient plus lui dire : Me voici.

Je me trompe, la foudre encor lui rend hommage.

A son dernier soupir le ciel se fond en eau ;

A la mort de celui qui fut un long orage,

L'éclair devait servir de funèbre flambeau.

Mais c'est son dernier bruit, et les vapeurs obscures

Regagnent l'horizon, comme de vieux soldats,

Noircis par la fumée et couverts de blessures,

 Retournent du champ des combats ;

Et son île reprend sa torpeur solennelle.

L'oreille n'entend plus que le timide oiseau

Qui frôle la verdure en secouant son aile ;

Le torrent indécis qui roule un reste d'eau ,

Ou, d'un saule éploré comme une jeune veuve,

Quelques gouttes tombant sur une pierre neuve

 Que l'on dit être son tombeau.

PREMIÈRE VOIX.

Quand le Seigneur éteint ce fatal météore,
Loin que ce soit la nuit, c'est le jour qui colore
   Notre orient de sa clarté.
La France, sommeillant dans la captivité,
S'éveille, et sur sa couche elle repasse un rêve
   Qu'elle a fait sur la liberté.
   La force brute a perdu son empire.
Le glaive de l'esprit du fourreau se retire :
Il a ses Austerlitz, ses Wagram, ses Eylau.
Des hommes du passé la ligue en vain conspire,
   Il n'aura pas son Waterloo.
Le Christ, comme une mer qui dévore un rivage,
Recommence à ravir la terre à l'esclavage.

L'homme de la science a redoublé d'efforts

Afin que sa loi sainte en tous lieux se propage.

La vapeur frémissante a reconnu le mors :

On se rit de l'espace ainsi que de l'orage.

Bientôt sur tous les points le saint Verbe aura lui,

 Et les peuples dans l'allégresse

 Verront s'accomplir la promesse

Qu'il sera tout en tous, et tous seront en lui.

 Qu'il ait ou non sauvé la France,

Anathème à celui qui ferma de sa main

 La source de l'intelligence

 Pour en sevrer le genre humain ;

A celui qui, posté sur la route des âges,

Aux temps rénovateurs fit rebrousser chemin,

Parce qu'il avait vu leur menaçant lointain

A d'autres dieux que lui présenter des hommages.

Qu'en cercle rassemblés autour de son néant,

Tant de jours avortés maudissent sa mémoire !

DEUXIÈME VOIX.

Qu'il dorme environné de l'immense Océan,

    Vaste symbole de sa gloire !

Ainsi de ces deux voix tonnant entre deux mondes,

Les peuples indécis entendront les combats

    Tant que dans ces lointains climats

    Les vents aux vents, et les ondes aux ondes,

      S'opposeront avec fracas.

LIVRE III.

SOUVENIRS D'ENFANCE.

— Juillet 1852. —

SOUVENIRS D'ENFANCE.

———

Revenez, revenez, beaux jours de mon enfance,

De votre aspect riant charmer ma souvenance,

Comme dans le désert brûlant et spacieux

Sur la verte oasis se reposent les yeux.

Mon cœur, mon pauvre cœur, à la tristesse en proie,

En fouillant le passé vous retrouve avec joie,

Jours naïfs, plaisirs purs, emportés par le temps,

Ainsi que le parfum des fleurs par les autans.

Quand notre bon curé, d'un doigt glacé par l'âge,

Me caressait la joue et me disait : Sois sage !

Quand mes pieuses mains, aux prières du soir,

Pour ranimer ses feux balançaient l'encensoir ;

Alors que, réveillé bien avant la lumière,

Pour mon premier voyage, à travers la portière,

Surpris, je contemplais dans l'orient lointain,

Pour la première fois trois heures du matin !

Quand, pour trouver des nids fouillant dans ses bocage

Le Vistre me voyait explorer ses rivages

Et dans ses fraîches eaux trompant l'ardent midi

Goûter tous les plaisirs du vagabond jeudi,

Jour alors le plus beau de toute la semaine,

Où l'écolier se voit affranchi de sa chaîne :

Ni sombre magister qui le fasse pâlir ;

Ni de ces beaux habits que l'on craint de salir,

Qui me rendaient des jours de fête et de dimanche,

Quand j'en étais paré, l'allégresse moins franche.

Mais d'où vient que ces temps que j'évoque aujourd'hui

Pour pouvoir arracher mon ame à son ennui,

La ramènent encore à sa tristesse amère ?

Hélas ! c'est que bientôt je vis pleurer ma mère !

Mon père s'en alla par ce mal triste et lent

Qui fait voir chaque jour le soleil moins brillant,

Qui fait passer des nuits aux longues insomnies,

Qui, pour un seul trépas donnant vingt agonies,

Enlève fil à fil la trame de nos jours,

Où l'art ne peut donner que d'impuissans secours.

Que de fois, loin du lit où gisait sa souffrance,

Ma mère avec des yeux qui cherchaient l'espérance,

A dit au médecin qui nous donnait ses soins :

Ne le trouvez-vous pas mieux qu'hier ?—Beaucoup moi..

Et ses yeux se mouillaient de larmes, et les miennes

Se mettaient à couler voyant couler les siennes !

Puis elle me disait : Pourquoi gémir ainsi ?

Enfant, de jour en jour tu deviens pâle aussi.

Bientôt dans la maison nous aurons deux malades ;

Va te distraire avec tes jeunes camarades.

Et, sortant pour aller essayer le bonheur,

J'entendais une voix me dire au fond du cœur :

Comment te réjouir quand ta famille pleure !

Et, triste, je rentrais dans ma pauvre demeure,

Et, le front dans la main, sur la table accoudé,

Je me sentais encor de larmes inondé.

ACCABLEMENT.

— Juillet 1833. —

ACCABLEMENT.

Et voilà tout !... voilà ce que, dans notre enfance,

Nous avons salué par un cri d'espérance :

Comme le voyageur du haut du Saint-Bernard

Jette sur l'Italie un avide regard !

Et ce soleil brillant, et ces fleuves limpides,

M'ont laissé le cœur froid et les lèvres arides.

Semblable à ces éclairs de la chaude saison,

Qui par un soir serein brillent à l'horizon,

Mon printemps m'attrista des présages d'automne;

Je vis, à peine éclose, effeuiller sa couronne;

Et l'ongle du malheur sur moi vint s'appuyer,

Ainsi que le vautour sur un jeune amandier

S'abat, et, secouant ses ailes dans ses branches,

Sur la terre à flocons fait tomber ses fleurs blanches.

Je me disais pourtant : « Dans la vie avançons,

« De précoces chagrins sont d'utiles leçons ;

« Ils cimentent parfois quelque destin suprême :

« Car l'homme est le premier complaisant de lui-même. »

Bien plus que le présent l'avenir paraît beau,

Et d'attente en attente on arrive au tombeau ;

Et l'on voit de ses jours décroître la lumière,

Depuis qu'on se souvient d'une aurore première ;

Et le bonheur, toujours remis au lendemain,

Ressemble au feu follet que l'on poursuit en vain,

La nuit dans la forêt, et dont l'ame épuisée.

Est, au bord d'un abîme, enfin désabusée,

Quand des rires moqueurs et d'infernales voix

Éclatent, et s'en vont mourir au fond des bois :

Car des esprits impurs l'allégresse est extrême

Quand un espoir s'abjure et se dit anathème ;

Et je sais ce qu'il est d'amer dans ce réveil;

Et je sens que j'ai fait un pénible sommeil ;

Et j'ai vu s'écouler les songes de ma vie ;

Et me voilà semblable à la source tarie

Dont les feux dévorans de l'ardente saison

Ont desséché le sable et brûlé le gazon ;

A l'arbre privé d'eau, mort, et dont le squelette.

Dessine sur le ciel sa triste silhouette.

Et mon œil cherche en vain tous ses enchantemens,

Et la mort m'a ravi des fantômes charmans :

ACCABLEMENT.

Comme pour avertir mon âme solitaire

De ne plus demander des amours à la terre ;

Et mon cœur dans le vide et dans l'isolement

A senti le dernier degré d'accablement.

Et quand il est blessé par un secret outrage,

Qu'une froide pâleur me couvre le visage,

Que je rentre l'œil triste et le front abattu,

Personne qui me dise : Oh ! mon ami, qu'as-tu ?

Tu souffres, je le sens, car ton ame est la mienne...

Hâtez la nuit, mon Dieu, puisqu'il faut qu'elle vienne ;

Puisque chaque soleil à mon regard blasé

Se lève chaque jour plus terne et plus usé ;

Que ma barque, exposée au soleil, sur la grève,

Espère vainement un flot qui la soulève,

L'arrache de ce bord qui fait son désespoir,

Et dans l'illusion la berce jusqu'au soir !

Puisque rien ne peut plus me tromper sur la terre,

Que le printemps sans fleurs et les bois sans mystère

N'ont plus de doux parfums et de charmantes voix ;

Que tout éclat pâlit sitôt que je le vois ;

Que mon œil ne peut plus aimer aucune étoile

Sans que la froide mort la couvre de son voile ;

Puisqu'enfin, m'abusant depuis que je suis né,

Entre le monde et moi tout paraît terminé.

LE MOULIN DE GÉNÈSE.

A M. CHASTAN, DE NIMES.

— Mai 1834. —

LE MOULIN DE GÉNÈSE.

———

Te souvient-il du jour où, tout rayonnans d'aise,

Nous allâmes ensemble au moulin de Génèse ?

Nous nous étions promis de joyeux passe-temps,

Et de rians aspects naturels au printemps,

Des bruits mystérieux de feuilles, doux à l'ame,

Comme le frôlement d'une robe de femme,

Et le balancement des rameaux des bosquets ;

L'abeille bourdonnant de bouquets en bouquets,

Et la source élançant son onde cristalline,

Du tronc d'un saule vieux ou d'un mur en ruine,

Et dont le flot roulant sur le caillou nacré,

D'iris, de nénuphar voit son cours diapré ;

Et puis le rossignol chantant dans l'aubépine ,

Qui sous de blanches fleurs dérobe son épine,

Et dont l'odeur suave et pourtant sans crédit

Réjouit doucement l'odorat et l'esprit :

Car il est un langage aux muettes paroles

Qui dans chaque parfum a placé des symboles.

C'était un beau moulin que nous avions rêvé,

Qu'on entend bien avant de s'y voir arrivé :

Une meunière fraîche, à la joue arrondie,

Et des enfans pareils au fruit de Normandie ;

Et le maître meunier avec ses compagnons

Ôtant le traversier, ou menant les bignons [1] ;

Et jetant sur le bord brochet, goujon, anguille

Qui jusques en tronçon dans la poële frétille ;

Et les petits poulets et les petits canards

Avec leur marcher lourd et leurs cris nazillards ;

Et le coq-d'inde et l'oie à l'appétit vorace,

Vers l'écluse à plein bord menant sa jeune race,

Ou venant furieuse au mendiant suspect

Tourmenter les haillons des ailes et du bec ;

Et le coq frappant l'air de son hardi ramage ;

Et le paon étalant son soleil de plumage ;

Et les bêlans troupeaux, le sifflet du pasteur

Qui dirige leur marche et presse leur lenteur,

Quand le soleil du soir, dorant leur blanche laine,

Leur dit que pour l'étable il faut quitter la plaine ;

1. Outils de pêche.

Et le chien aux longs poils, au collier hérissé,

Que le loup le plus fort n'a jamais terrassé;

Bref, ce qui constitue une ferme opulente.

Mais comme le réel détrompa notre attente !

Nous nous imaginions dans notre esprit subtil

Qu'un mois d'avril toujours ressemble au mois d'avril

Et nous allions tous deux en parfaite ignorance

Si le bien de la terre était dans la souffrance.

Voilà qu'un paysan portant un sac de peau,

Que tu connus et qui nous ôta le chapeau,

Nous dit : Nous aurions bien besoin d'un peu de pluie;

Mais on est si méchant que le ciel nous oublie.

A quelques pas de là, nous vîmes trois serpens,

Dans un fossé tari, qui s'en allaient rampans.

La campagne était jaune, exténuée, avide,

Comme un enfant qui presse une mamelle vide;

Un vent sec et brûlant, dévoilant un ciel bleu

Soulevait du chemin une poussière en feu,

Les arbres ne montraient que quelques feuilles rares,

Et ne jetaient sur nous que des ombres avares.

Rien du printemps, sinon quelque grillon au loin

Qui chantait isolé dans un maigre sainfoin.

Nous marchions suffoqués de chaleur, et le Vistre

S'offrit à mes regards sous un aspect sinistre.

On aurait dit le Styx dont le fond découvert

Eût été desséché par les feux de l'enfer.

Là, trois pauvres canuts barbotant en famille

Cherchaient dans des bas-fonds une fangeuse anguille.

Enfin à nos regards vient s'offrir ce moulin,

Véritable séjour de quelque esprit malin,

Demeure désolée à faire saigner l'ame,

Que partout le soleil entourait de sa flamme ;

Misérable masure adossée à la tour.

D'un reste décrépit de féodal séjour.

Deux contreforts ruinés soutenaient sa faiblesse,

Comme un bâton pliant aux mains de la vieillesse.

Chaque pierre à la main eût cédé sans effort,

Comme la dent qui branle à la tête de mort.

Ses portes ne montraient pour toute fermeture

Qu'un sapin qui, des ans ayant subi l'injure,

Voyait tomber les clous de ses ais aux abois,

Et, pour toute serrure, une cheville en bois.

Ses fenêtres au ciel béant et sans vitrage,

De la pluie et des vents subissaient même outrage ;

Leurs contrevens pendus à des gonds impuissans

Menaçaient de leur poids le crâne des passans.

Sur le haut de son toit est une girouette,

Où, quand l'ombre descend, se pose la chouette ;

Son pivot que cent ans ont peut-être rouillé,

Est de blancs excrémens bizarrement souillé ;

Sa tôle représente en silhouette noire

Le museau d'un dragon où manque une mâchoire,

Et qu'on entend crier, lorsque le vent le bat,

Ainsi qu'un vieux démon blessé dans le sabat.

Et si vous regardez près de cette demeure,

Tout, comme elle, s'attriste et tout, comme elle, pleure.

Un puits à-roue à sec offre son appareil

Au contact disloquant des rayons du soleil.

Là sont trois grands mûriers morts, et dont la structure

Ressemble au possédé qui subit sa torture.

Un âne est à l'attache à leurs troncs vermoulus,

Qui sur ses flancs rogneux, amaigris et velus,

Montre une plaie en sang que fouette sa queue,

Afin d'en écarter la mouche verte et bleue.

Puis, une bergerie au couvert enfoncé :

Comme un funèbre sol s'affaisse crevassé

Sur le cercueil pourri, le cintre de sa porte

Plie aussi sous le pan de bâtisse qu'il porte.

La racine du lierre, en plongeant dans ses murs,

Les lézarda jadis et depuis les rend sûrs :

En proie aux coups du sort, comme on voit l'ame humaine

Déchirée et bientôt plus forte de sa peine.

Là, se cacha jadis un homme comme il faut,

Qui sortit pour porter sa tête à l'échafaud,

Lorsque la liberté changée en Euménide

Fit passer sur la France un nuage livide,

Qui sans cesse jetant des ombres de son flanc,

Des sentences de mort et des éclairs de sang,

Faisait dire aux tyrans justifiés par elle :

Voilà la liberté que vous faisiez si belle !

Mais le dîner se sert et l'on en donne avis.

Nous montons les degrés d'un escalier à vis ;

Et, là-haut, nous trouvons dix à douze personnes

Qui furent envers nous cordiales et bonnes.

On s'assied : le banquet, ainsi que ceux du Nord

Où l'on buvait jadis la bierre autour du mort,

Était triste et muet ; mais à chaque convive,

On propose un refrain pour que la joie arrive.

L'un d'eux, à l'œil tourné, tira de ses poumons

Ces accens dont Bertram évoque les démons

Et les morts réprouvés endormis dans la terre

Que closent les arceaux du sombre monastère,

La nuit, lorsque la lune aux blanchâtres reflets

Rougit à la lueur de mille feux follets.

Mais voilà cependant que le jour se dépêche

Et que la nuit descend silencieuse et fraîche,

Que réciproquement on se touche la main,

Et que nous, retournant par le même chemin,

D'une branche coupée aux saules du rivage

Nous nous improvisons un bâton de voyage.

Nous marchons, et déjà du plus prochain faubourg

La sombre dentelure aux derniers feux du jour

Apparaît ; le champ fuit, la ville se réveille...

Mille bruits, mille aspects frappent l'œil et l'oreille.

Les hommes de l'octroi se présentent d'abord,

Comme l'onde fait voir l'écume sur son bord.

Le parallèle éclat des lignes des lanternes,

La retraite qui bat et s'avance aux casernes ;

Des forgerons autour d'un foyer dévorant,

Dont la face en sueur s'éclaire à la Rembrandt ;

L'orgue sous la croisée aux guirlandes soyeuses

Qui mêle un son plaintif à des notes joyeuses ;

Le sordide atelier où les pauvres canuts,

Éreintés de travail, ne sont point parvenus

A gagner le pain noir de leur triste famille ;

Et les chevaux du riche où la dorure brille,

Qui ferme strictement les stores de son char,

Pour qu'un pauvre n'ait point à salir son regard ;

Le somptueux kiosque aux mille luminaires,

Aux sons retentissans des harpes mercenaires,

Où le monde élégant sur le velours assis,

Savoure les nectars par la glace durcis;

Le vauxhall tournoyant à la folle harmonie,

Et l'hospice qui tinte une obscure agonie

Pour celui qui demain inhumé sans cercueil

N'aura qu'un fossoyeur pour escorter son deuil :

Amalgame odieux, dont notre cœur se serre,

De peines, de plaisir, de luxe, de misère !

Mais peut-être un peu trop j'ai chargé mes couleurs,

Soit qu'aujourd'hui la muse amante des douleurs

Aime à faire souffrir de ce qui souffre en elle

Tous les objets offerts à sa sombre prunelle,

Soit qu'une triste fée avant notre départ

Ait de sa pâle main fasciné mon regard,

Ou qu'en nos jours maudits, où tout chancelle et tombe,

L'esprit soit revêtu des teintes de la tombe ;

Que, la confusion et la mort et l'enfer

En atômes sans fin se divisant dans l'air

Et ne respirant plus que des vapeurs funèbres,

L'ame ait l'instinct du sombre et l'amour des ténèbres.

Quoi qu'il en soit, depuis, en rêvant à ce soir,

A ce qu'il eut pour moi d'accablant et de noir,

Je me suis dit que l'homme, allant dans l'existence,

Voyait toujours déchoir sa joyeuse espérance,

Que tout départ est gai, mais sombre le retour,

Qu'après tout chaque jour ressemblait à ce jour,

Qu'ici l'ame jamais ne sera satisfaite

Quels que soient la durée et l'éclat de la fête,

Que l'on erre toujours de l'espoir à l'ennui,

Jusques à ce que Dieu nous ramène vers lui.

LA LAMPE DE NUIT.

A M. REMACLE.

— Février 1834. —

LA LAMPE DE NUIT.

I.

Dans un demi-sommeil plongé, de votre lit
N'avez-vous vu jamais la lampe qui pâlit,
Et, mourant par degrés sous l'étreinte de l'ombre,
Rend votre appartement plus lugubre et plus sombre,

Semblables aux adieux de regards défaillans,

Quand ses derniers reflets sur le mur vacillans

Font mouvoir vos habits pendus à l'aventure,

Comme un spectre échappé de quelque sépulture.

Sans fil et sans flambeau s'aventurant toujours,

Alors l'esprit s'égare en de profonds détours,

Catacombes sans fin, noire métaphysique,

Où du trépas scruté l'énigme se complique;

Où, lassé de chercher, l'on se retrouve seul,

Les pieds embarrassés d'un funèbre linceul,

Où l'on se dit : Ainsi notre existence usée,

Comme cette lueur a son huile épuisée,

Un jour demandera quelques heures de plus;

Mais les terrestres vœux resteront superflus;

Il faudra sans délai que notre nuit s'opère.

Comme l'oiseau plaintif qu'aspire la vipère,

Par le béant tombeau nos jours sont attirés;

Les pieds joints et les bras le long des flancs serrés,

On croit ouïr sur soi la terre qui s'écroule,

Comme un tombeau drapé qui dans le lointain roule ;

Et les traînans versets de la sombre oraison ;

Et l'on dit au cercueil : Tu deviens ma maison ;

A l'oubli : Creuse encor ma couche plus profonde,

Pour mieux me séparer de tout contact du monde.

Car si je revivais dans quelque temps, chacun

Me verrait revenir comme un hôte importun ;

Tant ce qu'on ne voit plus, la mémoire l'oublie,

Et la place qu'on laisse est promptement remplie.

Et voilà ce qui fait que les morts rarement

Quittent pour nous parler le fond du monument ;

Et Dieu seul peut savoir combien l'indifférence

Dans la cité funèbre allonge la souffrance.

II.

Quoi ! ce corps, délicat amant des voluptés,

Ces regards que les cieux enivrent de clartés,

Ces organes si prompts par qui l'ame est servie

Et si bien en accord dans l'hymne de la vie,

Tout cela ne sera qu'un avorton du temps,

Que la mort doit reprendre après quelques instans !

Tout cela ne sera que des lambeaux putrides,

Et puis des vers, et puis des ossemens arides,

Que peut-être en sifflant un jour le fossoyeur,

De la faim du tombeau robuste pourvoyeur,

Doit briser, en creusant une fosse nouvelle,

Ou par un temps humide en nettoyer sa pelle;

Puis réduits en poussière enfin se résumer

Par ce je ne sais quoi qu'on ne saurait nommer,

Qui s'abîme, se perd au sein de la matière,

Dans ce globe qui n'est qu'un plus grand cimetière;

Où le pied en marchant ne peut être appuyé

Sans fouler une part du genre humain broyé;

Où l'on ne peut marquer un pouce de surface

Dont la mort mille fois n'ait déjà pris la place.

III.

Et quand on pense encor qu'en ce moment si court,

L'essaim des passions et des douleurs accourt,

Et s'acharne sur nous dans sa barbare joie

Comme plusieurs vautours sur une même proie;

Que le ver de l'ennui ne sommeille jamais;

Que l'on sent le dégoût caché sous tous les mets;

Que le vin le plus pur dont l'ame est réjouie

Dans le fond de la coupe a toujours quelque lie;

Que l'amitié sacrée et le suave amour

Ont besoin d'être vus sous quelque demi-jour;

Que par un plein soleil souvent on les blasphème;

Que c'est toujours autrui qui s'aime dans nous-même;

Que l'on ne peut goûter le plus chétif plaisir

Si l'esprit ne descend jusques à s'étourdir,

Comme ces condamnés aux lions de l'arène

Qui, se versant entre eux l'ivresse à couple pleine,

Dans une délirante et bachique vapeur

Du supplice prochain enveloppaient l'horreur.

Ah ! l'on serait tenté de prendre l'existence

Comme un présent reçu des mains de la vengeance,

Comme un manteau fatal jeté sur notre dos

Et qui doit par degrés nous brûler jusqu'aux os.

Aussi, malgré la soif que tout a de la vie

Et bien que du Seigneur la loi nous y convie,

Plusieurs de nous, voyant qu'il y faut tant souffrir,

Ont voulu de leurs mains encor la raccourcir ;

Ont bravé du trépas l'affreuse incertitude

Plutôt que d'achever une épreuve aussi rude ;

Ont répandu leurs jours comme un vin frelaté

Qui fait crisper la face après qu'on l'a goûté ;

Et la vie et l'enfer jetés dans la balance,

L'enfer leur a paru plus léger en souffrance !

IV.

O toi qui fus jadis le déplorable enjeu

Du défi que Satan osa porter à Dieu;

Qui courbé sous le poids d'un injuste anathème

De ta plainte lugubre effrayas la mort même,

O Job, je te conçois, sinistre séraphin,

Vouant ta nuit natale à des ombres sans fin,

Et demandant au ciel si l'humaine misère

Était digne après tout d'enflammer sa colère;

S'il était beau de voir le bras du Dieu vivant

Poursuivre un brin de paille emporté par le vent.

Et je sens sur ma lèvre errer l'amer sourire

D'une dérision qui n'a plus rien à dire;

Et je passe soudain du mépris à l'effroi;

Et le poil se hérisse et notre chair a froid;

Et l'on va se tâtant dans ce néant immense,

Comme pour s'assurer si l'on a l'existence;

Car l'esprit parcourant l'espace ténébreux

Comme l'aiglon à qui l'on a crevé les yeux,

Ne voit, ne touche rien dans son vol solitaire,

S'épuise de fatigue et tombe sur la terre,

Et s'assoupit enfin dans un de ces sommeils

Plus tristes que la mort, s'ils n'avaient leurs réveils.

V.

Seigneur (car l'ame après toute folle fatigue

Retourne vers ton seuil comme l'enfant prodigue),

On peut bien loin de toi conserver quelque espoir ;

Mais on ne trouve rien que de triste et de noir ;

L'esprit altier de l'homme a beau fouiller dans l'homme

L'existence est sans toi le rêve d'un fantôme ,

Qui sent, dès que son œil commence à s'assoupir,

Sur son sein haletant le néant s'accroupir.

Qui ne te connaît point ne peut point se connaître ,

Et ce que tu délaisse a déjà cessé d'être ;

Seul flambeau qui nous luit dans notre sombre exil,

Si tu ne nous restais, que nous resterait-il !

LE CHATEAU DU MENDIANT.

A M. L'ABBÉ SIBOUR.

— Janvier 1834. —

LE CHATEAU DU MENDIANT.

———

Au pied d'une rougeâtre et stérile colline,

Il est de vieux débris où ne croît que l'épine,

Où rampe le serpent et rôde le vautour.

Jadis un pâtre enfant m'en raconta l'histoire

Avec tant de candeur, qu'il me força d'y croire,

Et je viens, mon ami, vous la dire à mon tour.

Là, vivait autrefois un châtelain avare

Qui jamais à la faim pressante d'un Lazare

D'une miette de pain ne daigna faire don :

Aussi nul frère en quête à sa porte maudite

Ne venait demander le denier ou la pite,

Afin d'en secourir le serf dans l'abandon.

Par d'orageuses nuits, quand la longue veillée

Éclairait les vitraux de l'ogive grillée,

Si quelque pauvre au loin, attiré par leur jour,

Croyait y reposer sa course haletante,

Rien ne venait répondre à sa voix suppliante,

Hors les dogues affreux qui hurlaient dans la cour.

Un soir, il en vint un d'une sinistre allure :

Sur son dos affaissé tombait sa chevelure,

Comme un torrent d'hiver du Mont-Blanc épanché ;

Son front chauve et creusé par la ride profonde,

Semblait porter écrits tous les âges du monde,

Ainsi que le granit au bord du Nil couché.

« O châtelain, dit-il, ne soyez insensible ;

« Ouvrez-moi : je suis vieux, et la nuit est terrible.

« La forêt craque au loin sous le poids des glaçons ;

« Le vent aigu du nord souffle avec violence ;

« Le lac est engourdi dans un morne silence ,

« Et mon corps est crispé de funèbres frissons. »

Une tonnante voix répondit : « A cette heure ,

« Qui donc ose troubler la paix de ma demeure ?

« Par un de mes varlets armé de son marteau ,

« Si loin de ce manoir soudain tu ne chemines ,

« Je vais faire clouer, vil oiseau de rapines ,

« Ton cadravre rogneux au portail du château. »

« — Pardonnez : ma prière est peut-être incivile ;

« Mais, avant que d'atteindre aux portes de la ville,

« Dans la neige vivant je m'ensevelirais ,

« Et je ne verrais plus ma famille chérie :

« Donnez-moi quelque coin dans votre bergerie,

« Une loge de chien... — Non : tu la salirais ! »

Alors le mendiant, en relevant la tête,

Où de l'ire du ciel la flamme se reflète :

« Tu me crois un vil gueux; mais je suis grand seigneur.

« Malgré tous tes refus, je deviendrai ton hôte.

« — Toi, Seigneur !... d'où te vient illusion si haute ?

« Quel est ton fief? — La terre. — Et ton nom? — Le malheur.»

Et comme la chouette étend ses sombres aîles

Afin d'en secouer de fatales nouvelles,

Il déploie à deux mains son manteau de haillons,

Frappe d'un pied de fer la terre qui fermente,

S'ouvre et laisse échapper une horrible tourmente

Qui l'entoure et l'emporte en de noirs tourbillons.

Et bientôt du seigneur, dans la tour isolée,

Sous l'étreinte d'un nain la fille est violée ;

Le fils reçoit la mort en combat singulier,

Et, par ce pays-là passant, la Jacquerie

Fit des gens du manoir complète boucherie

Et le bouleversa du donjon au cellier.

Et depuis, à l'aspect des restes du ravage,

De tout baron cruel a pâli le visage,

Et le temps n'use point ce qu'ils ont d'effrayant.

Le chevreau se refuse à brouter ces décombres
Où le pâtre, la nuit, voit de sanglantes ombres :
On les appelle encor *Château du Mendiant*.

UN SOIR D'HIVER.

A M. ALEXANDRE DUMAS.

— Février 1835. —

UN SOIR D'HIVER.

—— ·· ———

Il est une pénible et sombre rêverie

Où l'ame se remplit de sentimens amers ,

Le soir lorsqu'on entend l'orgue de Barbarie

Gémir par un temps froid le long des quais déserts ;

UN SOIR D'HIVER.

Quand, le pan du manteau jeté sur le visage,

On va l'esprit distrait par cet accord errant ;

Qu'on voit à chaque coin, vous barrant le passage,

Un homme, chapeau bas, qui vous dit en pleurant :

« Si je n'avais chez moi que ma propre misère

« A des jours malheureux j'aurais déjà mis fin ;

« Mais le ciel m'envoya des enfans, je suis père :

« Donnez-moi quelques sous pour apaiser leur faim ! »

Et que l'on voit pourtant des lustres des soirées

Les fenêtres en feu changer la nuit en jour,

Et de jeunes beautés élégamment parées

L'ombre voluptueuse y passer tour à tour ;

Que l'on entend rouler l'opulente voiture

Qui fait briller l'éclat de son double fanal,

Comme sur un sein nu les yeux de la luxure,

Lorsque le bal s'échauffe et fait quitter le schall ;

Que le théâtre au loin, à pleine galerie,

Comme l'intempérance après les grands festins,

Dégorge par un drame une foule attendrie

De puissans usuriers et de riches catins.

Alors, du cœur saignant l'indignation folle

Comme remède encor prescrirait le poison,

Et ne sait si la pique avec la carmagnole

Dans son rêve sanglant avait tort ou raison.

LIVRE IV.

A M. CHARLES NODIER,

PAR 28 DEGRÉS DE CHALEUR.

— Août 1833. —

A M. CHARLES NODIER.

O toi, qui, sans toucher la main à Belzébut,

Au monde des esprits fais payer le tribut,

Heureux Merlin! qui vois, sous tes cercles magiques,

Éclore d'autres fleurs dans les champs poétiques,

Ta baguette se lève, et, prompt comme l'éclair,
Le lutin gourmandé crie et passe dans l'air;
Le sylphe, éblouissant d'iris et de topaze,
Fait ouïr le doux bruit de ses ailes de gaze,
Et flotte dans l'éther comme la bulle d'eau
Que détache l'enfant du bout du chalumeau;
Charme et rêve des yeux, haleine, météore
Qu'un rayon de soleil illumine et dévore;
Que ne puis-je, ô Nodier! monté sur ton griffon
Voir du ciel avec toi les abîmes sans fond,
Et descendre à mon gré sur ce pic solitaire,
Éternel casse-cou des enfans de la terre,
Où, dans un château fort aux murs de diamans,
La gloire s'abandonne à nos embrassemens!
Mais comme un voyageur, au front des pyramides,
Grave parfois le nom de ses amis timides,
Ta généreuse main au roc voisin des cieux
Daigna mêler mon nom à des noms glorieux.

De mon silence ingrat calmant l'inquiétude,

Je viens t'en témoigner enfin ma gratitude.

Mais la saison pour moi semble avoir desséché

La source aux flots divins d'où l'art est épanché :

Tourmentant de mes nuits la stérile insomnie,

Je n'ai pu rencontrer que la pâle harmonie

Du vers lâche et coulé dans le moule vieilli,

Dont le classique A.... était enorgueilli.

Oh! que les longs étés sont monotones, tristes !

Et que leur ennui pèse à l'ame des artistes !

Le démon poétique est en vain évoqué,

Quand, doublant la chaleur dont on est suffoqué,

De son haleine flasque effleurant le visage,

Le vent d'Alger sur nous n'apporte aucun nuage ;

Quand le chien essoufflé cherche le corridor,

Et sur son pavé froid tombe, s'alonge, et dort ;

Quand de nos boulevards le ciel chauffant la dalle

Sur leurs ormeaux poudreux fait crier la cigale,

Qui semble accompagner de son chant ennuyeux

Les flammes du soleil qui dansent à nos yeux !

Luise et tonne bientôt la vapeur salutaire

De l'orage qui doit désaltérer la terre,

De liquides saphirs affaisser les rameaux,

Et faire secouer les ailes des oiseaux ;

Reverdir les festons des touffes de liane

Qui pendent aux arceaux du temple de Diane ;

Changer le cirque aride en un riant jardin,

Et, vers l'herbe poussant aux fentes du gradin,

Du concierge commis à l'immense ruine

Ramener le bélier à la cloche argentine,

Qui, frappant l'air plus frais de son doux bêlement,

Réveille seul l'écho du vaste monument ;

Théâtre ensanglanté des voluptés de Rome,

Où l'homme s'égorgeait pour le plaisir de l'homme,

Où s'amassaient les flots de ce peuple géant,

Pareils dans leur murmure à ceux de l'océan !

Alors l'image forte et l'image naïve

Aux intimes labeurs rendent mon ame active ;

Tantôt c'est le matin sous un nuage noir

Qui semble nous couvrir des mystères du soir ;

Et tantôt c'est le soir dont les clartés soudaines

Simulent le matin et blanchissent nos plaines ;

Car après tant de jours d'un soleil ennuyeux,

Les teintes d'un orage émerveillent les yeux.

Mais, du ciel embrasé d'ardentes étincelles,

Ma muse haletante, en déployant ses ailes,

Tombe comme l'oiseau que le plomb a blessé ;

Ou comme un cerf-volant dont le fil s'est cassé ;

Et tristement réduite aux terrestres demeures,

Odalisque oubliée, elle passe ses heures

Attendant que, porté sur la fraîcheur du soir,

L'esprit harmonieux lui jette le mouchoir.

Et, pour lui rendre encor l'image plus flatteuse,

Elle est comme la nef à la foi courageuse,

Qui, partant de nos bords, au bruit de son canon,

Pour conquérir un monde et lui donner son nom,

Au point le plus brûlant de la mer Pacifique,

Sent arrêter soudain son élan héroïque,

Voit le long de ses mâts tomber ses pavillons,

L'atmosphère sans souffle et la mer sans sillons;

Et, dormant tristement sur ses eaux assoupies,

Ainsi qu'un poisson mort sur des ondes croupies,

Impatiente, attend que le vent revenu

La pousse, s'il se peut, au rivage inconnu.

Oh! si bientôt, plus frais, le réveil du zéphyre,

Arrondissant ma voile, ébranle mon navire,

reuse de l'océan l'immobile miroir,

ravive en mon ame un poétique espoir ;

je puis saluer quelque île fortunée,

l'on voit de ses fleurs ma poupe couronnée,

retour dans le port, d'un doigt reconnaissant,

les détacherai pour t'en faire présent.

LES DEUX POÈTES.

A M........

— 1824. —

LES DEUX POÈTES.

En vain de ma lugubre voie

Tu voudrais me faire sortir ;

Tu veux que je chante la joie,

Que mes vers désormais aient l'éclat du plaisir ;

16

Des larmes malgré moi mouilleraient mon sourire,

Et d'involontaires douleurs

S'échapperaient des cordes de ma lyre :

Mon génie est né de mes pleurs.

Vois-tu l'arbre mélancolique

Pencher sur l'ivresse bachique

La tristesse de ses rameaux ;

Le pampre aux bords d'une eau dormante

Unir sa tige caressante

A l'obélisque des tombeaux ?

Un génie à l'aile dorée

Toujours sur ta tête adorée

Suspendit ses festons de fleurs :
On dit qu'il berçait ton enfance,
Et que le jour de ta naissance
Fut sans maternelles douleurs.

De tes parfums jaunes encore,
Jamais un souffle qui dévore
N'a fait exhaler des soupirs ;
Toutes tes aurores sont belles,
Toutes tes amitiés fidèles ;
Les destins sont dans tes désirs.

Aimable enfant de l'harmonie,
Tu vois des ailes au génie

Et tu n'en vois pas à l'amour ;

Et ton avenir se présente,

Ainsi qu'une fête brillante

Où tu dois assister un jour.

Laisse de ton joyeux navire,

Laisse le souffle du zéphyre

Arrondir la voile d'azur ;

La Sylphide voluptueuse

Suivre ta course harmonieuse

Sur les eaux du lac calme et pur.

Dis-nous, ami, dis-nous la joie,

La grâce qu'une Hébé déploie

Dans la fraîcheur de son matin,
Épanchant de l'urne dorée
L'ivresse en cascade empourprée
Aux Anacréons d'un festin;

Ou les colombes de Cythère,
S'élançant du bois solitaire,
Et parcourant l'azur des cieux,
Brillantes sibylles des belles,
Ne semant sous leurs blanches ailes
Que des présages amoureux.

Mais, sans appui dans ma détresse,
Moi que le dieu qui te caresse

A mis au rang de ses martyrs,

C'est l'infortune qui m'enflamme;

Ma lyre est l'écho de mon ame,

Et ses accens sont des soupirs.

Dans le sombre ennui qui m'oppresse,

J'ai trouvé les chants d'allégresse

Moins doux que les hymnes de deuil;

Et dans leur rigueur infinie

Mes maux, revêtus d'harmonie,

Sont presque doux à mon orgueil.

J'aime ces décombres antiques,

Où des fantômes héroïques,

La nuit, errent silencieux,

Où le passé se fait entendre

De ces tombeaux veufs de leur cendre,

De ces temples veufs de leurs dieux.

Il me faut des cieux noirs d'orages,

Des flots troublés et sans rivages,

Un esquif haï par le sort,

Et dont la poupe mutilée,

Toujours d'un long crêpe voilée,

Vogue sans cesse vers la mort.

Ah ! s'il est vrai que le poète,

Souvent dans sa terreur secrète,

Lorsque tout voit le ciel serein,

Sous l'horizon courbant sa vue,

Sait la catastrophe imprévue

Qui voilera le lendemain,

Je le sens et n'ose le croire,

Si le fantôme de la gloire

M'invite un jour à son autel,

C'est des foudres de la tempête

Qu'elle allumera sur ma tête

Le rayon qui rend immortel.

LA SOMNAMBULE.

— Mai 1829. —

LA SOMNAMBULE.

———

Voyez à travers le feuillage,

C'est elle... Mais au moins ne la réveillez pas !

Vous lui donneriez le trépas.

Comme la lune éclaire son visage !

Comme ses beaux cheveux flottent au gré du vent !

De son sein l'albâtre mouvant
Monte et descend, pareil à la vague marine;
La harpe est entre ses genoux :
On dit que sa voix est divine;
Elle va chanter : taisons-nous.

« O nuit ! épanche ta rosée :
Mon front se courbe de langueur;
Je suis semblable à cette fleur
Que dans un jour brûlant on n'a pas arrosée.

« Soulageons-nous des contraintes du jour;

Que mon cœur enfin se révèle ;

Zéphyr, que le bruit de ton aile

Soit un frémissement d'amour !

« Dis-moi ce qu'un amant à celle qu'il adore

Peut dire de plus doux, de plus délicieux.

Étreins-moi mollement : je soupire ; tu peux

        Calmer le mal qui me dévore.

Ma bouche s'ouvre à ton souffle charmant ;

    Je te livre ma chevelure,

    Les tissus de mon vêtement,

Le nœud qui retient ma ceinture,

Je te livre........ »

        L'aveu demeure inachevé.

La nocturne beauté ne dit plus autre chose.

Sur l'instrument muet sa tête se repose ;

De mouvemens plus prompts son sein est soulevé :

L'on entend s'agiter ses deux lèvres de rose :

Mais on n'a pu savoir ce qu'elle avait rêvé.

LE PHILTRE.

LE PHILTRE.

Ma vie était semblable au lac tranquille et pur

Qui reflète du jour le nuage et l'azur,

    Les astres dont la nuit scintille ;

Et je ne sais sur moi quelle haleine a soufflé ;

17

Mais dans ses profondeurs tout mon être est troublé.

    Rends-moi mon ame, jeune fille !

Ma lèvre souriait des larmes des amours,

Je marchais le front haut, comme l'on a toujours

    Marché dans ma pauvre famille ;

Et maintenant mon œil est humide et rêveur,

Ma tête tristement se penche sur mon cœur.

    Rends-moi mon ame, jeune fille !

Lorsque dans nos jardins tu t'assieds sur un banc,

Soudain je te devine au bout de ton ruban

    Qui flotte à travers la charmille ;

Et mes amis alors me disent : Étourdi,

Tu ne réponds jamais à ce que l'on te dit.

Rends-moi mon ame, jeune fille !

C'est qu'alors mon esprit voltige autour de toi,

Que je voudrais en vain le rappeler à moi :

Il baise ta bouche gentille,

Se joue avec la brise entre tes beaux cheveux,

Et s'enivre et s'oublie aux rayons de tes yeux.

Rends-moi mon ame, jeune fille !

Astre consolateur de mes sombres ennuis,

Ton image charmante illumine mes nuits

Du doux éclat dont elle brille ;

Mais le réveil me voit triste et dépossédé,

Pleurer comme un enfant sur mon lit accoudé.

Rends-moi mon ame, jeune fille !

Car quelle bouche d'or raconterait mon rêve,

Quand le nuage ami dans les airs nous enlève ;

Quand mollement couché sur ce lit de vapeurs,

Que nuancent du jour les mobiles couleurs,

Ton corps que voile à peine une légère gaze,

Se révèle à mes yeux et me tient en extase ?

Possesseur étonné de si rares trésors,

Mon bonheur se soupçonne, et je me dis alors :

« De la réalité c'est bien là le domaine ;

« Ce n'est pas, cette fois, une apparence vaine

« Qui remplit mon sommeil d'un prestige charmant. »

Mon songe a je ne sais quel vague sentiment

De son illusion ; je crains en ma pensée

Que, rompant le fil d'or où mon ame est bercée,

Le désolant réveil, venant à me saisir,

Ne me fasse tomber du ciel de mon désir,

Et que ton doux fantôme à mes yeux se dérobe,

Comme un sylphe léger aux approches de l'aube......

PROMENADE SUR MER.

PROMENADE SUR MER.

1.

Voilà que l'onde amère a calmé son transport :
Détachons la nacelle et voguons loin du port,
O mon ange ! à nous deux, nous pouvons nous suffire :
Livre ta chevelure au souffle de zéphire.

Ah ! lorsque sur les miens se fixeront tes yeux

Je ne veux pour témoins que les flots et les cieux ;

Lorsque ta douce voix ravira l'étendue,

Que de moi seulement elle soit entendue !

Tu sais dans quel délire et quelle anxiété

Tes charmes enivrans quelquefois m'ont jeté !

Combien mon cœur ressent de jalouses atteintes,

Mais je sens sur la mer s'évanouir mes craintes,

Avec ce bord où j'ai laissé tous mes rivaux,

Et qui semble en fuyant s'abimer sous les eaux.

Pour mieux te dérober au reste de la terre,

Que n'ai-je en mon pouvoir une île solitaire !

Ses bocages, pour nous plus verts et plus épais,

Doubleraient le mystère et l'ombrage et le frais ;

Les roses au zéphir, avec plus de délices,

Livreraient le parfum de plus brillans calices.

Là serait ce bonheur que nous cherchons en vain ;

Chaque feuille agitée aurait un bruit divin.

Là dans un même élan nos deux ames unies

Exhaleraient au ciel les mêmes harmonies ;

Comme sur le gazon deux limpides ruisseaux

Confondent leur murmure en mariant leurs eaux.

Là, le bras appuyé sur tes blanches épaules,

Je te révèlerais les suaves paroles

Que, pour me consoler en des rêves heureux,

A dit à mon oreille un esprit généreux.

Ainsi de notre vie, en ce secret asile,

Le cours s'achèverait transparent et tranquille ;

Dans le sein du bonheur nous nous verrions vieillir :

La mort même, la mort ne viendrait nous cueillir

Que comme un fruit mûri dans la saison d'automne ;

Non pas dans l'appareil que la terreur lui donne,

Mais calme et revêtant la fraîche majesté

De la nuit qui descend sur un beau jour d'été.

II.

Mais je parle du ciel, et la terre m'appelle,

Les tours de la cité sonnent l'heure cruelle

Où ton père inflexible a fixé ton retour.

Ah ! quand le temps se sert des ailes de l'amour,

Sur les pauvres humains comme il passe rapide !

Déjà l'esquif par toi se détourne et me guide

Vers ces murs dont le bruit commence à me saisir,

Et que j'avais laissés avec tant de plaisir.

Pourquoi, pourquoi le ciel te créa-t-il si belle ?

Ainsi qu'aux temps passés si quelque bonne Urgèle

Accomplissait les vœux en amour... oh ! mon bien

Serait que ton regard ne charmât que le mien...

Avant de me quitter que ta bouche m'assure
Par tout ce qui déteste ou punit le parjure,
Par le ciel et l'enfer, par les sylphes charmans
Qui font joindre le soir les lèvres des amans,
Par le poignard caché sous le manteau farouche
Qui va d'un infidèle ensanglanter la couche,
Que jamais... Mais ces mots outragent : je maudis
Cette crainte infernale au sein du paradis !
Ah ! le jaloux amour s'accable de lui-même.
Mais je le vois, tu prends en pitié mon blasphême,
Ton sourire me dit que tu sais pardonner : —
Et cet heureux espoir j'aime à m'abandonner.
Adieu... mais à demain songe, ma bien-aimée,
Que ma barque t'attend à l'heure accoutumée.

ELLE EST MALADE.

ELLE EST MALADE.

Pourquoi mouiller de pleurs le chevet de ton lit ?
Si ton regard s'éteint, si ta voix s'affaiblit,
    Si ta lèvre se décolore,

Mon ange... ne crains pas, de son charme vainqueur,

Qu'un autre pût jamais t'effacer de mon cœur

    C'est par l'ame que je t'adore.

Si jamais (que ce jour se tienne loin encor !)

Si, repliant ton cou sous l'aile de la mort,

    Tu t'endormais, ô ma colombe,

De balcon en balcon je n'irais pas le soir

Chanter afin qu'un autre à mes yeux se fît voir,

    Mais j'irais m'asseoir sur ta tombe.

Et là, le front baissé, les yeux mouillés de pleurs,

Je te réveillerais sous mes vives douleurs;

    Et le bruit de ton vol funèbre,

En passant à travers le saule aux longs cheveux ,

Me serait préférable aux plus tendres aveux

De la beauté la plus célèbre.

APPARITION.

— Novembre 1833. —

APPARITION.

––––

Oh! pourquoi dans mes nuits jeter ainsi l'angoisse,

Du cercueil immobile intervertir la loi?

J'ai fait pourtant brûler un cierge à la paroisse,

Et l'office divin y fut chanté pour toi.

Ce que pour ton repos le rituel ordonne,
Je l'ai fait accomplir avec un soin pieux ;
Sur le seuil de ma porte on a donné l'aumône
Qui calme les tourmens et fait ouvrir les cieux.

De l'oubli de ton deuil ne doit naître ta peine ;
Le plaisir ne m'a pas trouvé sur son chemin ;
D'avides héritiers dans tes coffres d'ébène
Pour ravir tes joyaux n'ont pas porté la main.

Les lieux d'où le trépas te fraya ton passage
De mornes appareils sont encor tout remplis.
Le miroir dont l'éclat renvoyait ton image,
De ses longs voiles blancs n'a pas quitté les plis ;

Ta lampe sèche d'huile y pend, là, sans lumière,
Et la couche est encor comme tu la laissa ;
Sur le triste parquet repose la poussière
Qu'y fit tomber le jour où ton œil s'éclipsa.

Le rameau de laurier trempé dans l'eau bénite,
Que la famille en pleurs aspergea sur ton corps,
Lorsqu'on l'eut revêtu de l'habit carmélite,
Et qu'on eut récité les prières des morts.

Et quand je dors, pourtant, pendant la nuit livide,
Une main de mon lit agitant les rideaux
Fait sur mon front brûlant passer un souffle humide,
Comme celui qui sort des voûtes des tombeaux.

Et j'aperçois errer, dans mon alcôve obscure,
Un bras qui porte un cierge à la pâle lueur ;
Et je ne sais quel sombre et funèbre murmure
Me couvre tout à coup d'une froide sueur.

Et je te vois pleurer, et ta tête s'incline,
Et laisse sur mon sein abattre ses cheveux ;
Et leurs tristes flocons oppressent ma poitrine :
Oh ! quand tu viens ainsi, dis-moi ce que tu veux !

Et tu verras soudain ta volonté suivie :
Je ne veux envers toi ressentir nul remord
Hélas ! je suis assez accablé de la vie,
Sans y venir mêler les peines de ta mort.

Oh ! de ces visions, vérités ou mensonges,

Daigne, daigne, mon Dieu, délivrer mon sommeil,

Fais passer radieux tes anges dans mes songes,

Et calme mon esprit sous leur groupe vermeil.

SOUVENIR D'UN SOIR.

— 1834. —

SOUVENIR D'UN SOIR.

———

Ainsi qu'une bergère au regard gracieux,

La lune, surveillant de sa lueur candide

Les scintillans troupeaux des campagnes des cieux,

Tempérait leur éclat d'un voile lumineux

Et rendait de la nuit le silence limpide.

Le rossignol perdu dans le lointain du bois

Dans l'air, par intervalle, abandonnait sa voix

Dont les sons veloutés expiraient dans l'espace;

Comme sur un beau lac les cercles onduleux,

Lorsque l'aile du cygne a troublé la surface

De ses flots transparens immobiles et bleus.

La luciole au loin faisait briller ses feux;

   Et mille étoiles animées,

Suspendant au gazon l'éclat du diamant,

Comme un ciel reflété dans des ondes calmées,

Faisaient du champ nocturne un autre firmament.

L'haleine du midi dérobant au rivage

Les parfums dont les fleurs à la nuit faisaient don,

D'une vague harmonie agitait le feuillage

Et faisait tomber l'ame en un mol abandon.

Et celle que j'aimais d'une amitié naïve

Qui m'aimait à son tour, comme eût fait une sœur,

Languissante, pencha sa tête sur mon cœur,

Et me serra la main d'une étreinte plus vive.

Jamais, dit-elle, ami, la brise à mes cheveux

      N'a fait si suave caresse,

Et des sphères du ciel l'hymne silencieux

      Ne me versa pareille ivresse.

D'un délice inconnu tout mon être est saisi,

      Et dans l'extase qui l'oppresse,

    Mon âme est prête a demander merci.

Elle se tut : son œil abaissa sa paupière ;

Et glissant à travers la touffe bocagère,

Sur sa bouche entr'ouverte et sur son front charmant

    L'astre des nuits fit tomber sa lumière.

Et ressentant soudain même ravissement,

    Je la trouvais mille fois plus jolie,

Et je baisais sa main, tombais à ses genoux.

Et de mes premiers jours la compagne chérie,

Dès ce moment divin, ne fut plus mon amie,

    Mais quelque chose de plus doux.

Et depuis lors, j'ai vu mourir plus d'une fête,

Goûté de plus d'un soir la suave splendeur ;

Mais de tous ceux dont l'ombre a passé sur ma tête,

Celui-là seulement est resté dans mon cœur.

LIVRE V.

NIMES.

A M. DE LAMARTINE.

— Mars 1832. —

NIMES.

I.

Poète au regard d'aigle, Herschell harmonieux

Qui mets d'autres soleils aux poétiques cieux,

Qui, ravisseur d'un rhythme enfermé dans la nue,

Fais vibrer sur la lyre une corde inconnue,

Fixes dans notre esprit cet hymne sans pareil,

Qu'on entendait en rêve et cherchait au réveil,

Cet hymne qu'à travers la nuit et le mystère,

Les anges rarement confiaient à la terre,

Est-il vrai que ta lettre a daigné m'envoyer

Que tu viendrais t'asseoir à mon humble foyer,

Et visiter nos champs, notre ville embellie,

Ce fragment détaché des bords de l'Italie,

Où le ciel, se peignant d'un éternel azur,

Est presque monotone à force d'être pur ;

Où, toute intelligence, on ne vit que par l'ame,

Où, sous des cheveux noirs, brillent des yeux de flamme,

Où la misère sobre et portant la fierté

Que donne à ses enfans le Dieu de vérité,

Dédaignant le nectar qui pend à nos collines,

Convive de la foi s'enivre de doctrines,

N'arme jamais son bras pour demander du pain :

Ce n'est que de l'esprit qu'elle ressent la faim.

Peut-être on t'aura dit que, dans sa frénésie,

L'émeute ayant chez nous le droit de bourgeoisie,

Hurle en nos boulevards, comme en un cirque ardent

Un taureau furieux qu'a frappé le trident.

Mais, dans nos tristes jours, quel ciel est sans orages ?

Quelle mer de ses flots n'ébranle ses rivages ?

Quel sol ne retentit des plaintes du tombeau ?

Quel fleuve de remords n'entend gémir son eau ?

Ah ! viens pour adoucir nos ames indomptables,

Comme ces vents du nord qui soulèvent nos sables ;

Ta lyre, célébrant la concorde pour nous,

Grand homme, nous verrait tomber à tes genoux.

Viens, ici tout t'attend pour t'offrir une fête :

Les lauriers de nos champs pour ombrager ta tête ;

La muse, qui jadis eut un temple en ce lieu,

Pour prodiguer l'encens en retrouvant son Dieu ;

Tous ces demi-soleils, enfans de ton système,

Pour te voir de plus près dans ta splendeur suprême,

Et les restes pompeux de l'antique cité ,

Pour s'offrir à tes yeux sous leur plus grand côté.

II.

Nous n'avons pas ici de hautes cathédrales,
Ni de vieux monastère aux sombres corridors,
Où l'on dit qu'à minuit se soulèvent les dalles
  Couvertes des blasons des morts;

Ni découpés à jour des clochers dont les pointes
Dans les cieux envahis montent avec orgueil;
Ni chevaliers de pierre à genoux, les mains jointes,
  Au pied d'un gothique cercueil;

Ni madones des bois où jamais châtelaine

Pour un époux absent vainement ne pria,

Où le pâtre en passant ôte un bonnet de laine

    Et dit un *Ave Maria ;*

Ni château crénelé dont la verte muraille

Se hérisse de tours et de machicoulis,

Que la vague des mers incessamment assaille

    De ses monotones roulis.

Mais la Rome païenne ici vit tout entière ;

Ici son aigle au vol dispensateur des fers,

A laissé plus avant l'empreinte de sa serre

    Qu'en aucun lieu de l'univers.

Tu verras des palais, des cirques et des temples,

Jusque dans la poussière un noble souvenir;

Et le passé partout étalant des exemples

    A terrifié l'avenir.

Là les fronts abaissés des portes triomphales,

Aux sommités du jour promettant même sort;

Ici des dieux mêlés aux urnes sépulcrales,

    Tristes alliés de la mort;

L'arène où s'égorgeaient le Gaulois et le Thrace,

Contens d'être applaudis avant que de mourir,

Devant ce peuple roi qui voulait qu'avec grâce

    On rendît le dernier soupir;

Les gradins qu'inondait la robe orientale
Des chevaliers couverts de suaves parfums,
Et qui venaient, mêlés à la beauté vénale,
        Charmer leurs ennuis importuns;

Brillans efféminés, qu'on ne pouvait distraire,
Tant l'abus du plaisir avait blasé leur cœur,
Que par l'émotion d'un drame sanguinaire
        Où la mort seule était acteur;

Et puis la basilique à la frise élégante,
Semblable au dieu bruni des feux de l'encensoir;
Des chapiteaux à jour dont les feuilles d'acanthe
        Semblent trembler au vent du soir;

Et le temple croulant de la triple déesse,

Dans un bosquet riant étalant ses douleurs,

Et qui s'offre couvert d'une ombre enchanteresse,

    Comme un front ridé sous des fleurs;

Ruines où le soir vient rêver le poète,

Débris qui sert d'asile à de moindres débris[1],

Comme un prince exilé donne encor la retraite

    A de misérables proscrits.

Diane, poursuivant son nocturne voyage,

Semble y chercher encor d'un rayon désolé,

1. L'enceinte du temple de Diane est une espèce de musée où l'on a rassemblé des torses de statues, des tronçons de colonnes, des fragmens de chapiteaux, etc.

Sur son autel fendu par le figuier sauvage,

    Un encens qui s'est envolé.

Et la tour qui s'élance aux célestes campagnes,

Dont le hardi sommet est voisin des éclairs,

L'aqueduc qui nivelle et qui joint deux montagnes,

    Et porte l'onde dans les airs.

Et près de ses débris que le temps fait dissoudre,

La nouvelle cité brillante de splendeur,

Comme à côté d'un tronc consumé par la foudre

    Un rejeton plein de verdeur.

III.

Dans le quartier brillant que peuple le dimanche,

Le théâtre étalant sa colonnade blanche;

D'opulens ateliers, de larges boulevards,

Où sans peine de front pourraient voler vingt chars;

De vastes hôpitaux où le secours abonde,

Où le ciel a mis l'ange au service du monde,

Où de l'isolement adoucissant l'horreur,

L'orphelin dit encore ou ma mère ou ma sœur;

Des ondes circulant en un jardin splendide,

Enfant miraculeux de la verge d'Armide;

Des balustres d'albâtre entourant des bassins,

Un parterre en volute égarant ses dessins,

Et des hauts marronniers aux branches colossales,

Où parmi les bouquets de fleurs pyramidales,

Du rossignol craintif le chant est exhalé

Comme l'encens d'un vase à nos regards voilé,

Le marbre découpé par une main savante

Se dresse en déité, se déroule en acanthe,

En vase s'arrondit, s'assouplit en roseaux

Qu'affaissent des Tritons, divinités des eaux,

Et Diane et Vénus, et Pan et le Satyre :

Tous ces dieux dont les noms ont fatigué la lyre,

Et dont le ciel brillant à la fin a pâli

Sous les tristes vapeurs que soulève l'oubli ;

Pléiade que la muse a cessé de conduire,

La muse qui disait anathème au martyre,

Qui sur un lit de fleurs endormait le remord,

Et mettait un sourire aux lèvres de la mort,

Et dont les doigts brillans de rose et de lumière,

Prodiguaient vie et grâce à l'informe matière.

IV.

Et puis, nous irons voir (car décadence et deuil

Viennent toujours après la puissance et l'orgueil),

Nous irons voir au bord d'une eau stationnaire,

Aigue-Morte aux vingt tours, la cité poitrinaire,

Qui meurt comme un hibou dans le creux de son nid,

Comme dans son armure un chevalier jauni,

Comme au soleil d'été, qu'il croit être propice,

Un mendiant fiévreux dans la cour d'un hospice.

Et puis son port bordé de huttes de roseaux,

Où viennent s'amarrer quelques rares vaisseaux,

Où le triste pêcheur que le besoin harcèle,

Rapièce d'un vieux bois quelque vieille nacelle.

Et cependant ces lieux de misère haletans,

Comptent des anneaux d'or dans la chaîne des temps.

Ces murs, encore intacts dans leur vieille attitude,

Dont le triste gazon verdit la solitude,

Étaient de l'Orient l'opulent magasin,

Et voyaient affluer le turban sarrasin.

Un pèlerin royal, dans ses saintes colères,

Voila deux fois ces mers de ses mille galères,

Alors que, plein d'ardeur dans ses pieux desseins,

Il voulait du Croissant nettoyer les lieux saints.

De hauts barons couverts de leurs cottes de mailles,

Dont Venise avait joint et poli les écailles,

Faisaient flotter ici sur leur casque luisant

La plume de l'autruche ou celle du faisan,

Et surtout la bannière aux annales célèbres

Qu'exhumait Saint-Denis du fond de ses ténèbres,

Lorsque la France, ayant un danger à courir,

Commandait à ses fils de vaincre ou de mourir.

Deux peuples dans leurs rois ici se rencontrèrent;

Et, long-temps ennemis, sur le front se baisèrent.

L'or, la pourpre, l'azur se drapaient pour des jeux,

Et luttaient de splendeur avec un ciel pompeux ;

Les airs portaient au loin la fanfare guerrière,

Les chevaux des tournois soulevaient la poussière ;

Et les dames, du haut des balcons élégans,

Sur le front du vainqueur faisaient voler leurs gants...

Et voilà que tout dort, et que de tant de fêtes

Il ne nous reste plus que ces plages muettes ;

Que l'oiseau qui se plaint dans ses marais taris,

Et dont le vol pesant heurte les tamaris ;

L'onde qui sur ces bords se berce solennelle,

Comme le balancier d'une horloge éternelle.

Alors, ô Lamartine ! à ces retours du sort

De celui qui prétend tonner après sa mort,

Et qui vient en ce lieu demander des images

Pour jeter plus avant sa gloire dans les âges,

Le front triste se penche, et l'orgueil se détruit

De voir tant de silence où régnait tant de bruit.

A LA MER.

AIGUES-MORTES.

— Septembre 1830 —

A LA MER.

1.

L'esprit de poésie, ô mer! te rend hommage,

Quand la lune en ton sein réfléchit son image,

Et sourit de s'y voir, comme un enfant charmé

Qui se mire au pavois d'un géant désarmé ;

Quand cet astre revêt d'une teinte argentine

Le triangle renflé de la voile latine,

Qui file au loin, semblable à l'aile d'un oiseau

Dont le reste du corps serait caché dans l'eau ;

Quand pour s'harmoniser aux soupirs de tes vagues,

Il survient de ces bruits inattendus et vagues ;

Quand le vent pousse au bord les lointaines rumeurs

Qu'il dérobe en passant à la voix des rameurs,

Alors que, recourbés et relevés ensemble,

A la lueur du soir qui s'enfuit et qui tremble,

Sur ton miroir mouvant, pour charmer leur ennui,

Ils livrent leurs chansons aux brises de la nuit ;

Lorsque sans murmurer s'abaissant au rivage,

Le flot humilié reconnaît son servage,

Et semble se traîner sur ton sable riant,

Comme un esclave aux pieds d'un roi de l'Orient ;

Quand d'un profond sommeil dort ton onde aplatie,

Ainsi qu'un peuple heureux, en sa douce apathie,

Qui ne s'expose point à de grands désarrois,

Et laisse prolonger le règne de ses rois.

II.

Mais surtout quand le vent du midi sur la plage

D'un sinistre frisson agitant le feuillage,

Fait hâter le retour du pêcheur dans le port,

Et chercher aux oiseaux les retraites du bord;

Lorsque de l'horizon des nuages livides,

Que sillonne l'éclair de ses lueurs rapides,

Montent, et dans les airs pendent en noirs lambeaux,

Ou traversent le ciel comme de grands corbeaux;

Quand de la foudre au loin le murmure sublime,

Et des eaux et des cieux émeut le double abîme;

Quand tout bruit, tout aspect, indiquent l'ouragan,

Que chacun de tes flots devient plus arrogant,

Et d'instant en instant augmente son écume,

Comme un ardent coursier dont le courroux s'allume,

Impatient d'offrir son poitrail effaré

Aux dards étincelans du bataillon carré.

Lorsque sur tous les points la tempête est maîtresse,

Qu'un vaisseau tire au loin le canon de détresse,

Les mâts, comme un roseau, sont penchés par les vents,

La voilure n'est plus que des lambeaux mouvans,

Sa carène s'épuise en efforts inutiles;

Comme Laocoon sous les nœuds des reptiles,

La lame tortueuse en son vaste repli

Semble à moitié déjà l'avoir enseveli;

Mais bientôt l'exhumant de sa fosse écumante,

Et le faisant encor dominer la tourmente,

Elle laisse tomber et brise sur l'écueil

Celui que tu portais naguère avec orgueil,

Dont les ailes aux vents et les flancs dans les ondes

Dévoraient la distance et rapprochaient les mondes :

L'abîme qui se creuse en immenses labours

Disperse ses débris. Ainsi de ses faubourgs,

A la voix d'un tribun, la foule déloyale

Sort et vient assaillir la demeure royale,

Déborde dans les cours, inonde les jardins,

Du trône fracassé submerge les gradins,

Et retourne en faisant flotter sur ses épaules

Du suprême pouvoir les malheureux symboles :

Des lambeaux de velours, des diadêmes d'or,

Que, prosterné, la veille on adorait encor.

L'ESPRIT ET LES SENS.

— Septembre 1832. —

L'ESPRIT ET LES SENS.

Ces terribles combats des sens et de l'esprit,

Où, tour à tour vainqueur, chacun d'eux dépérit,

Mon Dieu! jusques à quand dureront-ils encore?

Pourquoi ne pas hâter notre dernière aurore?

Si l'homme, alors, reprend toute son unité,

Et dans ta volonté trouve sa volonté,

Cette paix qu'ici-bas rien ne pouvait lui rendre,

Objet de cet ennui qu'il ne pouvait comprendre,

Qui faisait que son front séchait toutes les fleurs,

Et que sa joie aussi s'exprimait par des pleurs !

Vienne, vienne bientôt le jour, l'instant prospère

Où de l'ame et du corps le divorce s'opère !

Car la vie est la mer où le flot bat le flot ;

C'est un char enrayé d'un bois de javelot,

Attelé par devant, attelé par derrière,

Et qui doit cependant parcourir la carrière !

C'est le plaisir toujours compagnon du remord ;

C'est un homme vivant qu'on lie avec un mort,

Et qui doivent ainsi vivre et pourrir ensemble,

Jusques à ce qu'usant le nœud qui les rassemble,

Et retournant tous deux à leur propre élément,

Rentrent l'un dans la vie et l'autre au monument.

Et tu nous vois pourtant pleurer sur quelques heures

Qu'il nous reste à passer en ces tristes demeures ;

Tant notre esprit esclave en son obscurité
Ressemble au vieux captif qu'on met en liberté.
A force d'habiter l'ombre fétide et noire,
Des splendeurs du soleil il n'a plus la mémoire ;
Sa prison exiguë est un monde à ses yeux,
Dont il pouvait toucher l'horizon et les cieux ;
Il ne peut concevoir que des mains inhumaines
Le fassent tant souffrir pour dériver ses chaînes ;
Il craint d'abandonner sa couche de sapin ;
Il emporte avec lui le reste de son pain ;
De stupides regrets humectent sa paupière,
Jusques à ce qu'enfin, l'inondant de lumière,
Le ciel à son regard déroule son azur.
Et fasse en sa poitrine entrer un air plus pur.
Alors il baise avec d'ineffables délices
La main qui vient de mettre un terme a ses supplices.
Sa lèvre est tout éloge, et son cœur tout amour
Pour le mortel qui vient de l'enfanter au jour.

Ah! quand je sonderai, dans l'ombre et le silence,

Des routes de la mort la profondeur immense,

Et que j'en reviendrai pâle et défiguré,

Ainsi que le coursier de terreur effaré,

Qui, le crin hérissé, se retire en arrière,

Dans le fatal chemin qu'a battu la sorcière,

Où l'énorme serpent aux verdâtres replis,

Pour surprendre sa proie, attend sous le taillis;

Fais passer devant moi quelque céleste flamme,

Qui des rêves mondains désenchante mon ame,

Et par un saint dégoût des choses d'ici-bas,

La fasse relever alors que je l'abas :

Ainsi que l'alouette aux premiers feux de l'aube,

A sa couche terrestre en chantant se dérobe.

Mais peut-être, ô mon Dieu! ton sévère secours

Nous accorde des jours pour expier des jours,

Et nous fait exister pour conquérir la vie,

Qui jamais aux douleurs ne doit être asservie,

Mais daigne cependant n'infliger qu'aux plus forts

Cette épreuve au-dessus de mes faibles efforts;

De peur qu'en prolongeant ma lutte expiatoire,

Je ne sente expirer l'espoir de la victoire;

Semblable au matelot sur les gouffres mouvans,

Qui laisse son navire aller à tous les vents;

A l'esclave accablé d'une longue carrière

Qui, sur le grand chemin dont il boit la poussière,

Laisse là le fardeau dont il est harassé,

Et dort, indifférent, sur l'herbe d'un fossé,

Qu'au retour au logis, que son repos diffère,

Un maître impatient l'immole à sa colère.

Ah! quand je flotterai de l'esprit à la chair,

Que le premier l'emporte et me soit le plus cher!

Car c'est bien vainement que l'homme délibère

De fuir sans ton secours le mal qui nous obère.

Mon Dieu que j'en triomphe en toute occasion,

Crainte que, me livrant à la dérision,

Si ma leçon n'était de l'exemple suivie,

Le méchant ne se dise : Il vit de notre vie,

Et dans tous ses discours il vient effrontément

Nous vanter son amour pour la sagesse : il ment !

Et tu sais cependant si mon ame est sincère

A désirer ton règne au ciel et sur la terre ;

Si mon œil, ébloui d'une vaine clarté,

Renia des autels la sainte obscurité ;

Si le blasphême altier m'imposant son délire

Put jamais arracher un seul son de ma lyre ;

Si les profanateurs, dans leurs jours triomphans,

M'ont jamais fait rougir d'être un de tes enfans.

Tu sais quelle tristesse en secret me consume,

Tristesse dont toi seul peux savoir l'amertume,

Chaque fois que le siècle a, d'un ton solennel,

Prophétisé la fin de ton règne éternel ;

Quand sa science impie, étendant son ravage,

De tes livres sacrés efface quelque page ;

Et quand dans mon esprit passe le doute impur,

Comme un nuage noir sur un beau ciel d'azur ;

Si je n'apporte pas dans son ombre grossière

Du flambeau de la foi l'éclatante lumière ;

Si je ne brise pas ma superbe raison ,

Comme le vase impur qu'a souillé le poison !

J'ai tout mis à tes pieds, Seigneur, et ta justice

Donnera quelque chose à ce grand sacrifice.

L'EXPÉDITION

CONTRE LE DEY D'ALGER.

— Juillet 1830. —

L'EXPÉDITION

CONTRE LE DEY D'ALGER.

D'une forêt de pavillons

D'où vient que la mer est voilée,

Et que sa plage est ébranlée

Sous la marche des bataillons ?

La France enfin va vider sa querelle ;

Le monde a les regards sur elle ;

Car chaque fois que son glaive est tiré,

Des lueurs dont il étincelle

Tout l'univers est éclairé.

Elle a long-temps différé sa vengeance,

Long-temps elle a craint, vil brigand,

De déshonorer sa vaillance,

De se souiller la main en relevant ton gant.

Mais tes iniquités ont comblé la mesure ;

Elle doit s'abaisser à punir ton injure :

De la contrainte du repos

Délivrant leur ame guerrière,

A ses phalanges de héros

Son roi vient d'ouvrir la barrière.

Quand le lion de tes déserts

Sur le sable brûlant sommeille,

Si le serpent à son oreille

D'importuns sifflemens fait retentir les airs,

Retenant son noble courage,

Le quadrupède, encor tout endormi,

Soulève sa crinière et pousse un cri sauvage,

Sûr qu'il n'en faut pas davantage

Pour éloigner son indigne ennemi :

Mais si cet ennemi s'obstine, comme un foudre

Il part la flamme dans les yeux,

Et de ses ongles furieux

Il déchire, il disperse, et laisse sur la poudre

Les anneaux palpitans du reptile odieux.

L'ARABE A SON COURSIER.

— 1829. —

L'ARABE A SON COURSIER.

L'or des princes n'a pu suffire

Pour t'arracher d'auprès de moi,

Mais aussi qui pourrait se dire

Plus ardent et plus beau que toi?

22

Noir, et bien plus noir que l'ébène,

Ton poil uni brille pareil

Aux claires eaux de la fontaine

Que frappent les feux du soleil.

Lorsque, te livrant la carrière,

Je te presse de mes genoux,

Mon œil charmé voit ta crinière

Bondir comme un flot en courroux!

L'aigle semble avoir de ses ailes

Muni tes flancs impétueux;

Et le serpent dans tes prunelles

A mis la flamme de ses yeux.

Ton vol est celui de l'orage.

Pour toi les airs ont une voix :

Ils bruïssent à ton passage

Comme les traits de mon carquois.

Sans toi nos tribus florissantes

N'auraient pas un si beau destin ;

Ton audace remplit leurs tentes

Et de captifs et de butin.

Mais, calme à l'abri de ces roches,

Pourquoi ce prompt frémissement ?

Soupçonnerais-tu les approches

Du fils hardi de l'occident ?

Tes naseaux hument l'air qui passe,

Ton pied, rival des aquilons,

Demande à dévorer l'espace,

Et ton regard me dit : Allons !

LA BARQUE DU PÊCHEUR.

— 1831 —

LA BARQUE DU PÊCHEUR.

———

Assis dans son bateau vers la chute du jour,
Un pêcheur réparait son filet misérable ;
Voilà que tout à coup un ouragan accourt :

Le vent en tourbillons a soulevé le sable,

Et l'amarre se rompt, et les flots en fureur

Loin de terre ont jeté la barque du pêcheur!

Il chercha vainement et sa voile et sa rame,

Elles étaient au bord d'où ses fils et sa femme,

Impuissans, lui tendaient les bras dans leur douleur;

A travers le bruit sourd de l'écumante lame,

Il entendait leurs cris, ils déchiraient son ame;

Mais toujours s'éloignait la barque du pêcheur.

Bientôt rien ne frappa sa paupière éperdue

Que de l'onde et du ciel l'effrayante étendue

Où la nuit fait encor descendre son horreur!

Et le livide éclair a déchiré la nue,

Et d'instant en instant la tempête est accrue ;

Et toujours s'éloignait la barque du pêcheur.

De l'aurore en pleurant il attend la lumière ;

Mais nul rayon d'espoir ne vient luire à son cœur !

Il se met à genoux : « Délivrez-moi, Seigneur !

« J'ai de jeunes enfans, une femme, un vieux père ;

« Qui pourra, si je meurs, soulager leur misère ? »

Mais toujours s'éloignait la barque du pêcheur.

Ainsi chaque matin, trompant ses espérances,

La mer ne lui montrait que des déserts immenses,

Dans son vaste horizon nul point consolateur ;

Seulement la mouette à la voix funéraire

Effleurait dans son vol la vague solitaire!

Et toujours s'éloignait la barque du pêcheur.

Mais sa joue a brillé d'une larme joyeuse!

Il voit dans le lointain de l'onde vaporeuse

Une voile..... il bénit le ciel libérateur;

Mais pareil à l'éclair qui luit et qui s'efface,

Le vaisseau désiré disparaît dans l'espace.

Et toujours s'éloignait la barque du pêcheur.

Et le sud redoubla ses fougueuses haleines;

Et dans le fond glacé des régions lointaines,

Où six mois de l'hiver domine la stupeur,

Où la vague durcie au rivage s'enchaîne,

Où semblent vivre seuls l'ours blanc et la baleine,

Se perdit comme un trait la barque du pêcheur.

LA NACELLE.

— 1829. —

LA NACELLE.

—

Voyez cette nef dont la voile

Brille d'or, de pourpre et d'azur,

Glisser sur l'eau, comme l'étoile

Qui traverse un ciel calme et pur.

Sans doute sur un lit de roses,
Fatigué de divins plaisirs,
Ange des amours, tu reposes,
Bercé du souffle des zéphirs.....

Oh! viens aborder dans notre île!
Les ombrages y sont si doux.....
Mais, voyez, à nos vœux docile,
Comme il se dirige vers nous!

Tressez des guirlandes légères,
Parez votre front ingénu;
Mortel ou dieu, jeunes bergères,
Qu'il soit ici le bienvenu!

Mais d'effroi mon ame est glacée.....

Ciel ! à mon œil épouvanté

Dans une barque fracassée

S'offre un jeune homme ensanglanté.

« Creusez mon réduit funéraire,

« Faites cette aumône à mon deuil,

« Dit-il, j'ai reçu le salaire

« Que le ciel réserve à l'orgueil.

« Un pirate au regard avide,

« Attiré par mon riche éclat,

« M'a criblé d'un plomb homicide,

« Et laissé dans ce triste état.

23

« Adieu, mes amis....., soyez sages ;

« Je meurs ; profitez de mon sort,

« Et pour faire d'heureux voyages,

« N'arborez point pavillon d'or. »

A M. COLIN.

A PROPOS D'UNE ÉBAUCHE DE DEUX TÊTES DE BOHÉMIENNES.

— Nîmes, 1835. —

A M. COLIN.

I.

La poésie en est dégoûtante, mais forte :
Un terrain semé d'os, une eau gluante et morte
Que le soleil corrompt et ne peut dessécher;
Voisin de l'abattoir et de la grande route,

Ce lieu¹ n'a qu'un gazon misérable et que broute
Le reste d'un troupeau, conduit par un boucher.

L'olivier maladif, à ses branches chétives,
N'y montre, en la saison, que de rares olives,
Et si maigres que l'œil souffre à les regarder;
Son tronc se rabougrit, à la poussière en proie,
Comme l'enfant trouvé que Manchester envoie
Vieillir avant le tems dans l'usine à carder.

Là, sous l'arche d'un pont par ses feux calcinée,
Vit des Bohémiens la tribu basanée,

---

1. Le Cadereau, bivouac ordinaire des Bohémiens à Nîmes.

Pêle-mêle avec l'âne aux flancs secs et velus.

Des femmes aux cheveux crépus, aux mains suspectes,

Dépècent des quartiers de charognes infectes

Que les chiens ont flairés et qu'ils n'ont pas voulus.

Là j'ai vu s'accroupir tes deux vieilles sorcières,

Et lu sur leurs fronts noirs, dans leurs fauves paupières,

Le drame que l'enfer a joué dans leur cœur :

Feux lubriques soufflés sur la vierge novice;

Nouveau-né que l'on sèvre avec un maléfice,

Et qui, dans quelques jours, se décolore et meurt.

Cimetières fouillés, chevelure coupée

De la tête de ceux qui sont morts par l'épée;

Sucs pour avortemens; mots et signes pervers

Qui, dans le plus riant et plus gras pâturage,

Tandis que le pasteur repose sous l'ombrage,

Font tomber la brebis et la couvrent de vers.

Oh! c'est sublime et vrai! cette rapide ébauche

Mieux qu'un tableau fini de la nature approche.

Sous ces deux types-là tout entier tu ressors,

Race à faim de vautour, à l'instinct de chouette,

Que nul ciel ne captive et que nul sol n'arrête,

Qui vis de la voirie et qui jettes des sorts.

A TOUS CEUX

QUI M'ONT ADRESSÉ DES VERS.

A TOUS CEUX

QUI M'ONT ADRESSÉ DES VERS.

———

I.

Je le sais, au festin servi par la louange,

Le poète pieux parfois s'oublie et change,

Et reçoit, sur l'autel qu'il s'élève en son cœur,

Un encens qu'il devrait renvoyer au Seigneur,

Qui de la poésie est la source première,

Et dont tout l'art humain n'est qu'un froid plagiaire;

A celui qui jeta l'existence au néant

Comme un manteau superbe au dos d'un mendiant;

Sublime créateur du merveilleux poëme,

Qui, changeant ses accords, reste toujours le même;

Chantre vraiment divin dont l'œuvre illimité

Fait prendre au sérieux son immortalité,

Dont la lyre épancha de ses cordes fécondes

Des strophes de soleils et des hymnes de mondes,

Et dont l'ombre, en passant, sur leur immensité

Dispensa la splendeur, la vie et la beauté.

Oh! la muse qui tombe en cette idolâtrie,

Veuve des eaux du ciel, sera bientôt flétrie;

Du SUPERBE VIOL dont parle Alighieri,

Son orgueil s'est repu, mais son ame a péri :

Émule de Satan, son cantique sublime,

Commencé dans le ciel, se finit dans l'abîme ;

Et, fils de la lumière, adopté par la nuit,

Il enrichit l'enfer de son farouche ennui.

II.

Mais aussi le poète a ses momens de doute,

Où tout ce qu'il produit l'ennuie et le dégoûte;

Où son désir de gloire est pareil à l'affront

Qui fait que l'ame est triste et qu'on baisse le front;

Où le mépris de soi nous rend d'humeur si sombre,

Que l'on voudrait pouvoir s'arracher de son ombre;

Où l'on porte la lyre en dessous du manteau,

Comme un brigand ferait d'un ignoble couteau;

Où l'ardeur qui nous brûle est amère folie;

Où tout ce qu'on entend et voit nous humilie;

Où dans chaque sourire et dans chaque coup d'œil

On croit voir un brocard tomber sur notre orgueil,

Tout le ricanement du démon de la prose ;

Où tout ce que le monde a de sot nous impose ;

Où l'œuvre la plus belle est un enfant de mal

Qu'il faut jeter de nuit au *tour* d'un hôpital.

Oh ! qu'il est bon alors que quelque ami sublime

Au talent qui rougit rende sa propre estime.,

Ramène dans le ciel son esprit qui s'abat,

Et, faisant à ses yeux luire son propre éclat,

Lui fasse incontinent, de sa main qui défaille,

Palper son diadème, ou mesurer sa taille.

O mes amis ! O vous dont les vers bienfaisans

M'ont donné cette aumône en des jours languissans,

Que le ciel vous bénisse et la muse vous aime !

Si la muse est un bien et non un anathème ;

Qu'elle ôte de sa main les pierres sous vos pas ;

Que son feu vous éclaire et ne vous brûle pas ;

Qu'elle éloigne surtout de vous ce mal de l'ame

A qui votre parole a servi de dictame !

Amis, soyez bénis ! de vos chants assisté,

J'ai repris le chemin de l'immortalité.

Soyez bénis ! par vous, raffermissant mon ame,

L'espoir a retiré mes écrits de la flamme,

Et m'a montré du doigt, en mots mystérieux,

Ma sainte mission écrite dans les cieux.

FIN.

Table.

LIVRE IV.

LIVRE V.

———

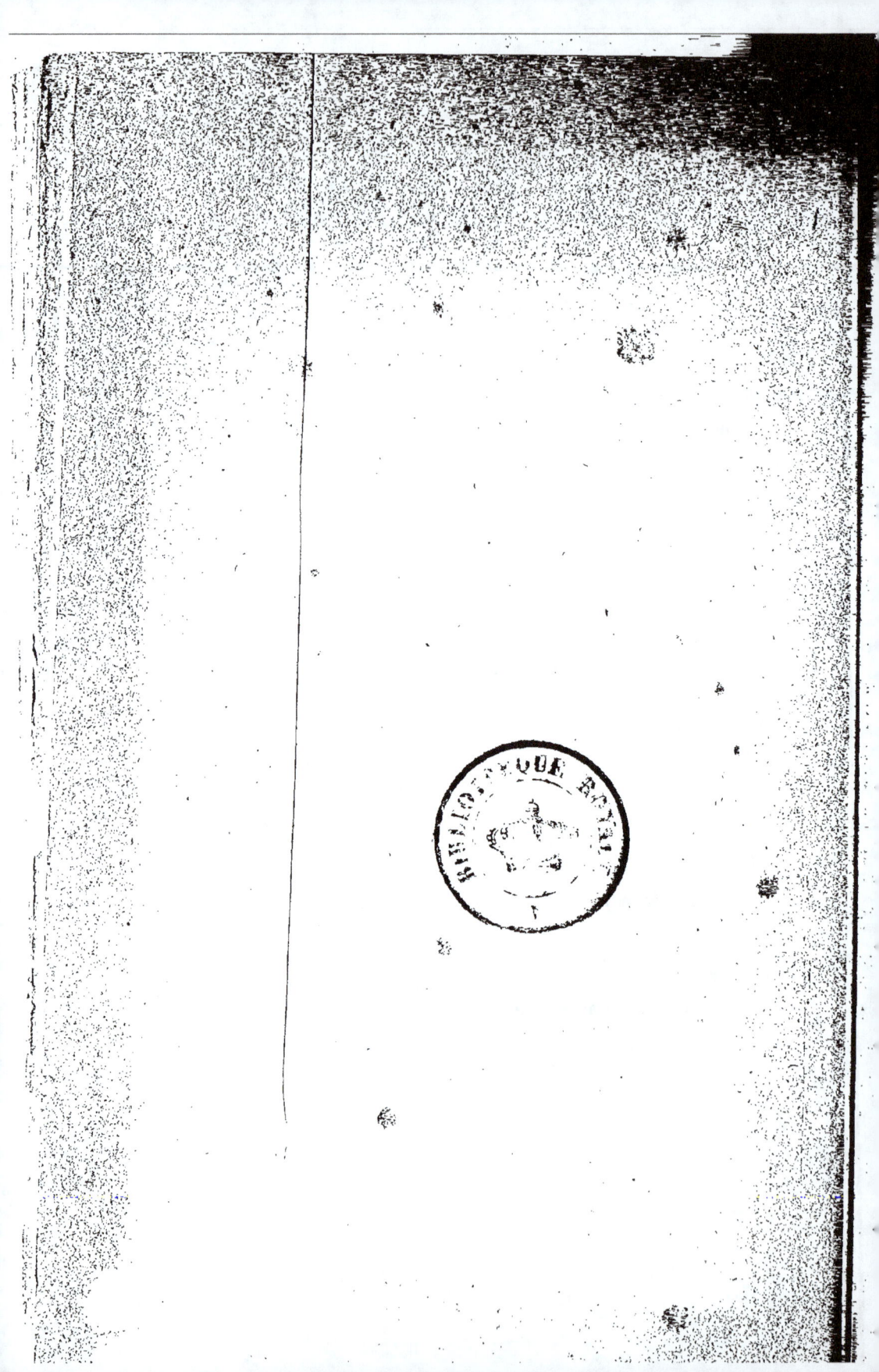

www.ingramcontent.com/pod-product-compliance
Lightning Source LLC
Chambersburg PA
CBHW050306030726
47505CB00003B/595